Die Unsichtbaren

Buch 1 der Rhyacia-Chroniken

Thea Harrison

Ins Deutsche übertragen von Simone Heller

New York Times- **und** USA Today-*Bestseller-Autorin* *Thea Harrison liefert die erste von zwei explosiven neuen Geschichten aus der Welt der Alten Völker … Auf Leserwunsch kehren Dragos und Pia zurück!*

DIESE GESCHICHTE ENDET MIT EINEM CLIFFHANGER

Der Abschied aus ihrem alten Leben in der Wyr-Domäne von New York ist zwar hart, doch Dragos und Pia sind fest entschlossen, ein neues Leben im Anderland Rhyacia zu beginnen.

Anfangs wirkt alles idyllisch. Rhyacia ist ein Paradies. Begleitet von alten Freunden und neuen Verbündeten sehen Dragos, Pia und der kleine Niall einer sicheren und glücklichen Zukunft entgegen.

Doch unter der hübschen Fassade gehen seltsame Dinge vor. Gegenstände bewegen sich aus eigenem Antrieb, Gebäude stürzen ohne nachvollziehbaren Grund ein, und sogar die mächtigsten Bewohner von Rhyacia können sich die Geschehnisse nicht erklären. Geflüsterte Gerüchte deuten auf etwas hin, das man *die Unsichtbaren* nennt.

Als Dragos und Pia nachforschen, entdecken sie ein größeres Rätsel, als sie sich hätten vorstellen können, und sie erkennen die verblüffende Wahrheit …

Sie sind in Rhyacia nicht allein. Das Land, das Dragos für unbesiedelt hielt, birgt viele Geheimnisse, eine schockierende Geschichte, die noch nicht gänzlich vergessen werden kann, und etwas anderes.

Etwas Altes, Böses und Hungriges. Etwas, das Dragos verzehren und alles an sich reißen will, was ihm lieb ist.

Etwas, das womöglich tatsächlich die Macht hat, den Drachen zu überwältigen …

*****Das ist Band 1 einer Reihe aus zwei zusammenhängenden Novellen. Der erste Band endet mit einem Cliffhanger.*****

Kapitel 1

„WAS PACKT MAN denn ein, wenn man die Erde für immer verlässt?“, murmelte Pia.

Sie starrte auf den riesigen Stapel aus Kleidung und persönlichen Gegenständen, den sie auf dem Doppelbett aufgetürmt hatte, das sie mit ihrem Ehemann und Partner Dragos Cuelebre teilte, in dem Haus, das sie gebaut hatten.

Als sie und Dragos beschlossen hatten, die Wyr-Domäne in New York zu verlassen und in das Anderland Rhyacia zu ziehen, hatten sie abgemacht, keine Haushaltsgegenstände einzupacken. Alles, was nötig gewesen war, um ihr weitläufiges Haus in einem entlegenen Winkel des Staates New York einzurichten, würde zurückbleiben, wie es war, und jederzeit bereitstehen, falls sie sich zu einer Rückkehr entschieden.

Aber das machte den bevorstehenden Umzug nicht einfacher oder bequemer. Ihre Abmachung hatte Pia in einen heftigen Kaufrausch getrieben, sodass sie in regelmäßigen Lieferungen neue Haushaltswaren in das Anderland geschickt hatte. Trotz Pias ursprünglicher Absicht, sich einzig und allein auf ihr Baby Niall zu konzentrieren, war es ihr nicht gelungen, sich aus den ganzen Abläufen fernzuhalten. Es sollte ihr neues Zuhause werden, und sie musste sich dort wohlfühlen. Sie konnte nicht einfach zurückstehen und andere das Ganze für sie aufbauen lassen.

Man musste sich für ein Farbschema entscheiden. Bettbezüge, Vorhänge, Teppiche (was bedeutete, die Anzahl der Zimmer und die Zimmergrößen zu kennen), Geschirr, Handtücher und noch vieles mehr – und jede Entscheidung musste berücksichtigen, dass die Anderländer zwar von Magie erfüllt waren, aber in anderen Dimensionen als die Erde existierten, wo moderne Technik wie Fahrzeuge mit E- oder Verbrennungsmotoren nicht funktionierten. Adieu, Küchenmaschine und Kaffee-Vollautomat. Hallo, Schnee- besen und Siebstempelkanne.

Welche Möbel würden sie mitnehmen, und was konnte man vor Ort herstellen? Rhyacia war ungefähr so groß wie Grönland. Derzeit war es ein weitläufiges Areal aus unerschlossenem Land, das Dragos vor langer Zeit entdeckt und geschützt hatte, für den Fall, dass er eines Tages beschloss, etwas damit anzufangen.

Seine Notfallpläne waren zur Realität geworden. Nun gab es eine neue Einwohnerschaft in Rhyacia, und ihre Zahl schoss exponentiell nach oben, getrieben von Wyr, die New York in Scharen verließen und die neue Herausforderung begeistert anpackten.

Sehr bald schon würde aus dem einst weiten, unberührten und unerschlossenem Land eine Nation wer- den, und Rhyacia würde in jeglicher Hinsicht autark sein, aber soweit war es noch nicht. Auch wenn Geld bei der Planung ihres Hauses keine Rolle spielte (eine Tatsache, die sich für Pia immer noch fremd und seltsam anfühlte), brachte jede Kleinigkeit heftiges Nachdenken und einigen Aufwand mit sich, da man das meiste, was sie wollten, erst einmal hinbringen musste. Riesige Frachtkarawanen beförderten eine große Bandbreite von Waren, darunter lange haltbare und gefriergetrocknete Nahrung, Zelte, umweltfreundliche Fertighäuser und andere Baumaterialien, die Tag für Tag hinüber in das Anderland wanderten.

In der Zwischenzeit musste Dragos seine Entscheidung durchziehen, als Lord der Wyr in New York zurückzutreten – eine Stellung, die er jahrhundertelang innegehabt hatte. Ihn hatten sowohl die Baupläne für ihr neues Haus stark beschäftigt, als auch die Arbeit mit den Wächtern in New York, um die Macht auf Rune zu übertragen, seinen ehemaligen Ersten Wächter, der als Regent dienen würde, bis Pias und Dragos' ältester Sohn Liam entschieden hatte, ob er sie übernehmen wollte.

Da Dragos oft in New York war, wurden viele Haushaltsentscheidungen, zu denen Pia seine Meinung benötigte, per Facetime und Textnachricht gefällt. Nun endlich, nach zwei Monaten intensiver Bemühungen, war es an der Zeit, Kleidung und persönliche Bedarfsgegenstände einzupacken. Sie würden in zwei Tagen nach Rhyacia aufbrechen.

Pia betrachtete die Behälter mit Rouge, Lidschatten, Wimperntusche und Lippenstift, die sie in den Händen hielt. Sie war sich nicht ganz sicher, wie rau die Verhältnisse in der neuen Siedlung sein würden. Wie wahrscheinlich war es denn, dass sie sich in näherer Zukunft schminken würde?

Aber dieser Umzug war nicht ganz dasselbe wie ein Wechsel in anderes Stadtviertel, in dem ein paar Straßen weiter ein Einkaufszentrum stand, wo sie alles kaufen konnte, was sie brauchte. Wenn sie jetzt etwas nicht mitnahm, würde sie nicht so leicht an etwas Vergleichbares kommen.

Ihr Blick wanderte zu den Terrassentüren, die offenstanden, um die warme nachmittägliche Brise hereinzulassen. Eva hatte Pias jüngsten Sohn Niall mit nach draußen genommen, um ihr etwas Freiraum zu verschaffen. So konnte sie einen ordentlichen Teil des Packens erledigen. In menschlicher Gestalt war Niall zwar ein hilfloses zwei Monate altes Baby, aber in seiner Wyr-Gestalt war er ein Teufel auf vier Hufen … Und er blieb gern in seiner Wyr-Gestalt.

Auch Eva hatte sich verwandelt und trat als hundeartiger Wyr in Erscheinung. Sie jagte Nialls kleine, geschmeidige, bronzefarbene Gestalt über den frisch gemähten Rasen. Als Niall herumwirbelte und seinen Pferdekopf senkte, um sein Horn auf Eva zu richten, lachte Pia verhalten. Dieser kleine Junge erdolchte nur zu gern Dinge. Eva bellte ihn an, und er rannte in eine andere Richtung los. Eva setzte zur Verfolgung an, und sie verschwanden aus Pias Blickfeld.

Sie liebte alles an dem Anblick da draußen. Ihr Katastrophen-Baby, ihre beste Freundin. Jede kleine Einzelheit der Gartengestaltung war bewusst gewählt, und sie hatte dazu beigetragen. Als sie Dragos kennengelernt und sich mit ihm gepaart hatte, hatte sie erst lernen müssen, sein Penthouse im Cuelebre Tower zu lieben – und es war ihr gelungen. Sie hatte ein paar Dinge verändert, hatte sich die Küche unter den Nagel gerissen und all ihre Aufmerksamkeit auf die Einrichtung des Kinderzimmers ihres ersten Sohnes Liam konzentriert.

Dieses Haus war anders. Sie und Dragos hatten alles daran gemeinsam ausgesucht. Sie war daran beteiligt gewesen, dieses Haus von den Grundfesten an zu errichten, und sie liebte jeden Quadratzentimeter.

Ach, diese Küchenmaschine würde sie schon vermissen. Ihre Brust zog sich zusammen, und die friedliche Szene draußen verschwand, während ihr die Augen übergingen.

Feste Schritte erklangen, als Dragos sich ihr von hinten näherte. Eine gewaltige Hand senkte sich herab auf ihre beiden, mit dem Schminkzeug und allem anderen darin. Er flüsterte ihr ins Ohr: „Denk daran, wir waren uns einig. Kein Plastik."

„Ich weiß, was wir abgemacht haben, aber … gar keins?", fragte sie bestürzt. Sie hob eine Deo-Dose aus Plastik auf. Es war ihre Lieblingsmarke. Die benutzte sie schon immer.

„Gar keins." Sein Tonfall war endgültig. „Wir werden in Rhyacia kein Müll- oder Umweltproblem verursachen."

Sie schob eine Schulter hoch und seufzte. „Das sage ich nicht, nein."

Die Hitze seines hochgewachsenen, muskulösen Körpers wärmte ihr den Rücken und die Beine und löste einen Teil des Schmerzes, den sie empfand. Er vergrub sein Gesicht in ihrem Nacken und atmete ein. Seine Lippen bewegten sich über ihre empfindliche Haut, während er murmelte: „Außerdem mag ich deinen Geruch."

Mmm, köstlich. Aber sie wollte der Versuchung, an ihn zu sinken, nicht nachgeben. Es standen immer noch zu viele unerledigte Dinge auf ihrer To-do-Liste. „Hast du je in Betracht gezogen, dass der Grund, weshalb du meinen Geruch magst, an der Wahl meiner Körperpflegemittel liegt?" Sie zog ihre Wimperntusche hervor und hielt sie ihm vor die Nase. „Meine Haare sind so hell, dass ich fast ein Albino bin. Wo glaubst du denn, dass meine Wimpern herkommen?"

„Ich habe dich schon oft ungeschminkt gesehen, und du bist wunderschön." Er bewegte seine Lippen über ihr Kinn. „Wenn ich mich nicht irre, trägst du in diesem Augenblick auch kein Make-up.“

„Was hat das denn zu sagen?“, wollte sie wissen.

Er hielt inne, dann sagte er vorsichtig: „Das ist so ein Frauending, oder?“

Für Dragos war das Dasein als Frau ein riesiger Kontinent voller verblüffender Rätsel und unzähliger Fallgruben, aber im Augenblick war sie zu traurig, um zu lächeln. Sie lehnte die Wange an die Seite seines Kopfes und sagte: „Ja, das ist ein Frauending.“

„Hm.“ Er sammelte ihre Schminksachen und ihr Deo auf. „Die nehme ich mit.“

„Was?“, rief sie. „Warum? Wir sind noch nicht nach Rhyacia aufgebrochen.“

„Du wirst schon sehen.“ Als sie auf dem Absatz herumwirbelte, um ihn zur Rede zu stellen, hob er eine schmale, schwarze Augenbraue. Seine schonungslos attraktiven Gesichtszüge waren entspannt, ein Ausdruck feiner Erheiterung lag darauf. „Das ist im Moment alles. Mach weiter.“

Ihr Mund öffnete sich, um noch etwas zu sagen, aber er hatte sich bereits umgedreht und marschierte aus dem Schlafzimmer.

„Ich wollte etwas davon zum Duschen mitnehmen“, murmelte sie genervt. Dann merkte sie erst, was er gesagt hatte, und rief ihm nach: „Was meinst du damit, dass ich einen *Geruch* habe?“

Sein tiefes Lachen trieb die Stufen herauf. Ein paar Augenblicke später hörte sie das entfernte Geräusch der Eingangstür, die sich öffnete und schloss.

„Ist ja nicht so, als wäre irgendwas von dem Zeug etwas Besonderes gewesen.“ Sie verzog das Gesicht in Richtung des leerstehenden Eingangs und flüsterte: „Denn ich bin nur ein Mädchen aus New York, das gern beim Discounter einkauft.“

Ohne die Ablenkung durch Dragos' intensive, durch und durch lebendige Anwesenheit kehrte der Schmerz zurück. Es war niemand da, um zu sehen oder infrage zu stellen, was sie als nächstes tat. Sie vergrub das Gesicht in den Händen und ließ den Tränen freien Lauf.

JE NÄHER DER Tag der Abreise rückte, desto schneller verging die Zeit, und sie fühlte sich unerbittlich an. Gedanken wie *das ist das vorletzte Mal, dass ich an diesem Küchentresen Toast esse,* oder *das ist die letzte Folge vom* Bachelor, *die ich in nächster Zeit sehe,* drangen immer wieder auf sie ein, und sie war den Tränen oft näher als ferner.

Spätnachmittags am nächsten Tag bog sie im Erdgeschoss um die Ecke des Korridors und fand Dragos, der mit einer Schulter im Eingang seines Büros lehnte. Er trug ein einfaches schwarzes T Shirt, das sich über seiner mächtigen, breiten Brust spannte, und ausgeblichene Jeans, die ihren Zenit schon überschritten hatten, die Füße in Stiefeln übereinandergeschlagen. Seine Arme waren verschränkt, die massiven Muskeln seiner Unterarme und seines Bizeps zeichneten sich unter seiner tief bronzefarbenen Haut ab.

Er wirkte wütend, aber als er sprach, war seine Stimme sanft. „Wann wirst du mir endlich erzählen, was dich betrübt?“

Sie blieb ruckartig stehen, weil sie sich ertappt fühlte. So viel dazu, dass sie gedacht hatte, sie könne ihren inneren Aufruhr für sich behalten. Sie öffnete und schloss den Mund ein paarmal, ehe sie hervorbrachte: „Ich verspreche, das tue ich, wenn ich herausgefunden habe, wie ich es formulieren soll.“

Sein harter, sexy Mund spannte sich an. Ihre Antwort gefiel ihm nicht – aber andererseits gefiel es ihm nie, wenn man ihm verweigerte, was er wollte, in dem Augenblick, in dem er es verlangte. „Erzähl es mir jetzt. Kümmere dich nicht darum, ob du die falschen Worte benutzt.“

Sie schaute ihn schief an. „Nur jemand, der die falschen Worte noch nicht gehört hat, könnte das sagen.“ Als ein perplexer, frustrierter Ausdruck auf sein Gesicht trat, fügte sie weicher, als eine Art Entschuldigung an: „Ich dachte, ich hätte mich besser dabei angestellt, die Dinge zu verbergen.“

Sein Frust wurde zu Zorn. „Du sollst vor mir nichts verborgen halten“, knurrte er. Er trat aus dem Eingang auf sie zu und packte sie mit beiden Händen an den Schultern.

„Ich habe nichts *absichtlich* vor dir verborgen“, erwiderte sie, während sie in seinen goldenen Blick aus zusammengekniffenen Augen aufsah. Zorn funkelte darin. „Ich täusche dich niemals. Punkt.“

Die Anspannung in seinen Händen ließ nach. „Ich weiß.“

Also gut. Das war schon besser.

„Ich arbeite mich im Kopf durch die Dinge durch“, erklärte sie ihm. „Das darf ich nämlich. Ich darf meine Gedanken und Gefühle sortieren, um herauszufinden, was ich sagen *sollte*, was ich sagen *will*, und was eigentlich in Wahrheit hinter meinen Gefühlen steckt. Und das bedeutet, dass ich verstehen muss, was ich empfinde, bevor ich darüber spreche.“

Er musterte ihr Gesicht, dann sagte er grimmig: „Das klingt für mich wie ein Haufen Mist und Ausflüchte.“

„Wirklich?“ Sie blinzelte, sprachloser denn je. „So habe ich das nicht gemeint. Dragos, wir sind erst seit ein paar

Jahren zusammen, und in dieser Zeit haben wir viele Veränderungen durchgemacht. Sehr viele. Dieser Umzug ist eine weitere Veränderung, und zwar eine gigantische. Unsere Entscheidung, nach Rhyacia zu gehen, ist nicht falsch, und wir sollten die Entscheidung nicht rückgängig machen, aber ich muss die Gefühle, die das in mir auslöst, durchleben dürfen." Sie sah sich um und spürte, wie ihr Gesicht sich verzog. „Ich liebe dieses Haus. Das ist unser Heim, das wir zusammen gebaut haben. Das heißt nicht, dass ich das neue Haus nicht lieben werde, das wir ebenfalls zusammen bauen. Aber *noch* liebe ich das neue nicht."

Aufkeimendes Verständnis weichte seine Züge auf. Er zog sie in seine Arme. Sie drückte die Wange an seine Brust und schlang ihm die Arme um die Taille. Er murmelte in ihre Haare: „Ziehen wir zu schnell um? Willst du dir noch ein paar Wochen Zeit nehmen, bevor wir den Übergang machen? Oder sogar noch einen oder zwei Monate?"

Sie genoss die harten Muskeln unter dem Baumwollstoff seines T-Shirts und schüttelte den Kopf. „Nein, aber danke, dass du das vorschlägst. Ich glaube, ich werde mich besser fühlen, wenn wir drüben sind und unser Abenteuer erleben, anstatt hier zu sein und uns ständig von allem zu verabschieden. Im Augenblick glaube ich, es ist einfach Zeit zu gehen." Dann fügte sie, weil sie gewissenhaft sein wollte, vorsichtig hinzu: „Das ist vielleicht noch nicht ganz alles, was ich sagen will, aber es ist das Wesentliche an dem, was ich durchmache. Da vieles davon mein Vorschlag war, habe ich das Gefühl, ich sollte mit allem besser zurechtkommen, als es der Fall ist. Wenn ich irgendetwas herausfinde, worüber ich noch mit dir reden muss, dann sage ich es dir. Ok?"

„Klingt vernünftig." Er spannte die Arme an, ehe er sie

losließ und einen Schritt zurücktrat. „Komm her. Ich habe etwas für dich."

„Ehrlich?" Sie wischte sich übers Gesicht, folgte ihm in sein Büro und sah sich um. Obwohl Dragos sie niemals nicht hereingebeten hätte, und sie ganz natürlich eintrat, wann immer ihr danach war, fühlte sich dieses Zimmer definitiv nach seinem Reich an. Seine Persönlichkeit zeichnete sich überall in der eleganten, maskulinen Einrichtung ab.

Eine geschnitzte Kiste stand auf dem Schreibtisch. Noch während ihr neugieriger Blick darauf fiel, schnappte er sie sich mit einer Hand und überreichte sie ihr.

Sie lächelte ihn schief an, dann richtete sie ihre Aufmerksamkeit auf die Kiste. Sie war im Art-Nouveau-Stil gestaltet, eine wunderschöne Handwerksarbeit. Pfauen und Schmetterlinge schmückten den Deckel und die Seiten mit Einlegearbeiten aus Amethyst, blauem Kalkspat, Labradorit, Zitrin und weiteren Edelsteinen, die sie nicht kannte. Sie ging näher, um die Details der feinen, elaborierten Schnitzereien zu betrachten. „Das ist außergewöhnlich."

„Es ist eine Auftragsarbeit." Ein Hauch Zufriedenheit schlich sich in seine tiefe Stimme. „Niemand sonst hat so eine. Die Verzierungen wurden speziell für dich entworfen. Öffne sie."

Das tat sie und fand kleinere geschnitzte Stücke darin, ein jedes davon eine Freude, aus poliertem Holz, das tief golden leuchtete. Ein vertrauter Geruch entwich der Kiste, sobald sie sie geöffnet hatte. Allmählich verstand sie.

Mit einem erfreuten Schrei stellte sie die größere Kiste ab, um eines der kleineren Stücke herauszunehmen. Es war rund und wie ein Zylinder geformt, mit einem wirbelnden Muster aus Lapislazuli-Einlegearbeiten in der Form von

Meereswellen. Es war erstaunlich ähnlich geformt wie ein …

Lippenstift?

Sie zog die Kappe ab und drehte versuchsweise am unteren Teil. Dann beobachtete sie ungläubig, wie ein Stück frischer, unbenutzter Lippenstift in ihrem liebsten Rosa aus der schmalen Röhre aus goldenem Holz emporglitt.

„Das ist doch nicht wahr", sagte sie.

„Oder doch?" Lächelnd beobachtete er, wie sie den Inhalt erkundete.

Sie schloss den Lippenstift behutsam und legte ihn zur Seite, dann öffnete sie eine schmale Kiste mit einer geschnitzten Orchidee im Deckel, die mit Perlmutt-Einlegearbeiten verziert war. Im Inneren war eine frische Palette ihrer liebsten Lidschatten, zusammen mit einem feinen hölzernen Stäbchen zum Auftragen, auf dem oben ein kleines Stück Naturschwamm angebracht war.

Und dann noch eine Kiste, diese mit einer im Deckel eingravierten Muschel, die mit Abalone ausgelegt war. Darin fand sie ihr Lieblingsrouge, mit einem Pinsel aus Holz und Zobel. In einem ovalen Zylinder mit Einlegearbeiten aus Rosenquarz fand sie ihr Lieblings-Deo-Gel, das in den Behälter umgefüllt worden war. Die Pflegeartikel in der Kiste enthielten kein einziges Stückchen Plastik.

So war es nämlich, wenn man Gefühle zuließ: Manchmal waren sie so groß und komplex, dass sich kaum ein Weg finden ließ, sie in Worte zu fassen.

Sie hob den Blick, begegnete seinem. Ihre Stimme zitterte ein wenig, als sie sagte: „Du hast jemanden beauftragt, diese unfassbaren Kunstwerke für mich anzufertigen, und hast denjenigen dann Make-Up aus dem Discounter einfüllen lassen?"

Schon wieder wirkte er perplex und zuckte mit den

Schultern. „Die sind dir am liebsten, oder?“

„Ja“, flüsterte sie und strich dabei über den wunderbaren Lippenstiftbehälter.

„Ich habe den Kunsthandwerker Kopien von jedem Stück anfertigen lassen“, erklärte er. „Du kannst alles nachbestellen, jederzeit, wenn dir danach ist, und er wird dir eine neue Kiste zukommen lassen. Wenn du sie erhalten hast, kannst du die alte zurückschicken, und er wird sie säubern und sie mit neuen Kosmetika auffüllen.“ Ein langer Finger legte sich unter ihr Kinn, und er wandte ihr Gesicht nach oben. „Gefällt es dir nicht?“

Mit vollkommener Aufrichtigkeit sagte sie: „Ich glaube, das ist das Liebste, was du je für mich getan hast.“

Er wirkte immer noch ein wenig verblüfft, als er mit dem Daumen über ihre Wange strich. „Ich habe dir jede Menge Schmuck gekauft, der das Hundertausendfache dessen gekostet hat, was diese Make-up-Kiste wert ist.“

Sie krümmte erheitert die Lippen. Ja, das hatte er, und es drückte seine Liebe für sie aus, dass er es geschafft hatte, ihr den Schmuck tatsächlich zu überlassen, nachdem er ihn angeschafft hatte. Aber so sehr sie es auch liebte, dass der Drache ihr Juwelen schenkte, diese unfassbar teuren Stücke hatten ihr niemals so viel bedeutet wie ihm.

Das hier jedoch, dabei ging es nur um sie. Er hatte gesehen, wie schwer sie sich damit tat, etwas loszulassen, das in den großen Abläufen des Lebens ziemlich unbedeutend war, und er hatte Schritte unternommen, um sicherzustellen, dass sie es nicht loslassen musste. Er hätte das Make-up in wegwerfbare Kartonbehälter packen können, und das wäre schon bemerkenswert und aufmerksam genug gewesen, aber weil er Dragos war, hatte er das ganze Projekt in einen Schatz verwandelt.

„Vielen Dank. Ich liebe dich von ganzem Herzen", sagte sie, schlang ihm einen Arm um den Hals und zog seinen Kopf zu ihrem herab.

„Nur darauf kommt es an", hauchte er an ihren Lippen. Seine Stimme war rauchig geworden.

Sie hatte ihm über das, womit sie zu kämpfen hatte, erzählt, was sie konnte, aber es gab ein paar Dinge, die sie ihm nicht erzählen konnte. Niemals. Sie genoss seinen Mund und jedes sinnliche Detail seines langen, harten Körpers, der sich an ihren presste, und schloss diese Geheimnisse fest im tiefsten, innersten Teil ihrer Seele ein.

Immerhin hatten sie es bereits besprochen, vor zwei Monaten, nachdem Pia und Runes Partnerin Carling entführt worden waren. Die Entführung war der Plan einer wahnsinnigen und verbitterten Elfe gewesen, um Dragos Cuelebre in die Falle zu locken und zu vernichten, denn er war bei den alten Völkern als die große Bestie bekannt. Während dieses Albtraums war Pia gezwungen gewesen, Niall in einer Höhle zur Welt zu bringen, und hatte Dragos' Bruder getroffen, Lord Azrael, den Gott des Todes.

Einst war sie nichts weiter als ein Mädchen aus New York gewesen, das sich mit Make-up vom Discounter schminkte und schockiert war, als sie Gefühle für einen Drachen hegte. Sie war eine Vegetarierin, die ihre Wyr-Natur geheim halten musste, während er das ultimative Raubtier war. Sich in ihn zu verlieben und mit ihm zu paaren, hatte sich erschütternd und allumfassend angefühlt.

Aber langfristig mit der Tatsache klarzukommen, dass sie und Dragos Partner waren, war, als würde man eine unendliche Anzahl ineinandergesteckter Trickboxen öffnen wollen. Sobald sie eine öffnete und glaubte, sie hätte die Dinge im Griff, fand sie eine weitere Kiste, die sie öffnen musste, eine weitere Wahrheit, die sogar noch größer war als diejenige zuvor.

An eine Unterhaltung, die sie nach der Entführung gehabt hatten, erinnerte sie sich, als wäre sie gestern geschehen. *Wie viele Urmächte gibt es?*, hatte sie gefragt. *Die alten Völker haben nur sieben in ihrem Pantheon.*

Da hast du mich erwischst, hatte Dragos mit einem Schulterzucken geantwortet. *Ich habe eigentlich nicht wirklich etwas mit ihnen zu tun, außer dass ich früher eine … nennen wir es, eine enge Beziehung zu Azrael hatte.*

Er hatte nicht gelogen, nicht wirklich; ihr Wahrheitssinn war fest auf ihn eingestellt, und dessen war sie sich sicher. Aber sein kalter Blick war ihr ausgewichen, als er das gesagt hatte.

Und Azrael hatte zu ihr gesagt: *Du von allen solltest wissen, wie eng der Tod und der Drache verwandt sind.*

Das tat sie, oder sie hatte zumindest geglaubt, dass sie das tat. Aber aus dieser engen Beziehung ergaben sich Folgen, denen sie noch nie zuvor nachgegangen war, bis zu diesem Zeitpunkt.

Als sie mit Dragos darüber gesprochen hatte, hatte sie versucht, es leichthin auszudrücken. Um auf der sicheren Seite zu bleiben, während sie ihn gefragt hatte: *Wir reden nicht über die Bürden des Götterdaseins oder sowas?*

Und er hatte die ganze Sache an sich abperlen lassen. *Pia, was bedeutet denn Götterdasein? Tiago ist ein Donnervogel. Mehr als die Hälfte meiner Wächter wurden in Ägypten als Götter verehrt. Schau dir die Dschinn an und das, was sie können. Teufel auch, schau dich doch im Spiegel an — schau dich in deiner Wyr-Gestalt an. Wenn dich nicht etwas umbringt, wirst du ewig leben, und dein Blut heilt jede Wunde. Das kommt mir verdammt nochmal nach einem ziemlichen Wunder vor. Es gibt viele unter den Alten Völkern, die das eine oder andere Mal im Lauf der Geschichte Götter genannt wurden, und genauso viele, die man Dämonen nannte.*

Seine Logik war unanfechtbar. Er hatte recht, aber …

Aber.

Dragos war ihr Ehemann, ihr Partner, ihr passionierter Liebhaber und ihr wildester Beschützer, und doch war er ihr auf viele Arten immer noch ein Rätsel. An manchen Tagen konnte sie nicht anders, als diese Unterhaltung immer wieder in ihren Gedanken ablaufen zu lassen. An manchen Tagen fühlte sie sich einfach wie ein Mädchen aus New York, das sich auf einer einsamen Landstraße verirrt hatte, in einem Land, das ihr so fremd war, dass sie nicht einmal seinen Namen kannte.

Und das einzige, das sie zurück nach Hause holte, waren sein Mund, seine Hände und sein Geruch. Ihr Körper kannte jede aufregende Einzelheit des seinen und verlangte danach. Sie verlangte nach ihm.

Als er die Tür zu seinem Büro schloss und sich zu ihr umdrehte, waren seine Bewegungen angespannt durch den Hunger, der ihn antrieb. Sie war bereits in Bewegung, zog sich ihr T-Shirt aus und schlüpfte aus ihrer Jeans.

Während sie sie weg kickte, schlang er einen harten Arm unter ihre Hüfte und hob sie auf seinen Schreibtisch. Oft nahmen sie sich lange Zeit mit dem Vorspiel und neckten sich, lachten zusammen unter der Samtdecke einer milden Mitternacht, doch nicht dieses Mal.

Er riss ihr die Unterwäsche vom Leib, und sie schlang ihm begierig die Beine um die Hüften, während sie sein T-Shirt über den Kopf zog, um die ausgeprägten Muskeln seiner breiten Brust zu enthüllen. Als er die dicke, breite Spitze seiner Erektion an ihre Öffnung schob, war sie feucht und bereit. Sie ließ den Kopf nach hinten fallen, die Augen geschlossen, während er in sie eindrang.

Sie passten zusammen wie die älteste, wahrhaftigste Magie: Yin und Yang, weiblich und männlich, dunkel und hell.

Nur zu diesen Zeiten wurden die Zweifel und Unsicherheiten, die sie plagten, gelindert. Dass sich all ihre Zweifel in der Hitze ihrer Leidenschaft auflösten, und der tiefste, innigste Teil ihrer Seele zu ihm sagte: Mir ist egal, wer oder was du bist. Du bist Mein.

Du bist Mein.

Kapitel 2

ENDLICH WAR ALLES erledigt. Dragos hatte seine Domäne weggegeben. Es erwies sich, dass ein alter Drache doch noch ein paar neue Tricks lernen, neue Dinge unternehmen konnte. Beschließen konnte, neue Abenteuer zu erleben.

Der Greif Rune, Dragos' ehemalgier Erster Wächter, und seine Vampyr-Partnerin Carling verließen ihre Heimat in Florida, um in eine weiträumige Wohnung im Cuelebre-Tower zu ziehen, die eigens mit Vampyr-Sicherheitsrolllläden ausgestattet war, und Dragos musste zugeben, dass er mit so etwas niemals gerechnet hätte. Es erwies sich, dass ein alter Drache auch tief sitzende Angewohnheiten loslassen konnte. Er hatte Carling so lang misstraut, und erst als Carling zusammen mit Pia entführt worden war, hatte Dragos endlich ihre Beziehung zu Rune ganz und gar akzeptieren können.

Der nötige Papierkram war abgeschlossen, alles war ausgefüllt und unterschrieben. Der offizielle Scheiß war von den Domänen-Anwälten sorgsam überprüft worden. Der inoffizielle Scheiß …

Tja, die Wyr-Wächter waren es nur zu gewohnt, sich um jeglichen inoffiziellen Scheiß zu kümmern.

Sie veranstalteten eine riesige Abgangsfete im Ballsaal des Towers. Das Essen war famos, der Alkohol floss endlos, und die Gäste überreichten ihnen Geschenke, obwohl Dragos und Pia in den Einladungen eigens darauf hingewiesen hatten, dass sie bitte keine Geschenke wollten. Und falls Dragos' Augen trüb wurden bei der furchterregenden Anzahl an Wyr, die ihm verdammt nochmal weinerlich kamen, so erwähnte es niemand. Pia behielt ihn genau im Blick und rettete ihn, wann immer es allzu herzlich wurde.

Hauptsächlich ging es darum, dass alle überlebten und Spaß hatten.

Pia konnte mit Quentin tanzen, ihrem alten Freund und ehemaligen Arbeitgeber. Inzwischen war Quentin, ein Wyr-Panther, Wächter – noch etwas, mit dem Dragos nie gerechnet hätte – und er war der Partner einer weiteren Wächterin, der Harpyie Aryal, die die zweifelhafte Ehre hatte, die wahnsinnigste Frau zu sein, der Dragos je begegnet war.

Aryal versuchte Graydon, ebenfalls ein Greif und einer von Dragos' ursprünglichen Wächtern, zu einem Ringkampf anzustacheln. Graydon hatte seine Stellung als Wächter aufgegeben und zog mit seiner Partnerin, der Elfenlady Beluviel, nach Rhyacia. Sie waren auch frischgebackene Eltern, und Pia und Beluviel waren eng befreundet. Obwohl Pia Eva hatte, die ihre beste Freundin und persönliche Leibwächterin war, hatte Eva keine Kinder und war auch nicht in einer Partnerschaft. Es würde Pia guttun, auch Beluviel in Rhyacia zu haben, und, wie Dragos zugeben musste, ihm würde es guttun, Graydon zu haben.

Genervt von Aryals Mätzchen ließ Graydon sie abblitzen, bis sie die Hände in die Luft warf und wegging, nur um sich umzudrehen und ihn von hinten zu packen. Das ließ rasch Platz um sie herum entstehen.

Mit einem überraschten Lachen huschte Beluviel von

den beiden weg. Graydon brüllte Flüche, während er versuchte, den Fängen der Harpyie zu entkommen. In wenigen Augenblicken entstand eine Wettkasse – die Bewohner des Cuelebre Towers hatten viel Erfahrung damit, auf derlei Dinge zu reagieren.

Während Quentin sich mit Pia am Arm aus dem Kampf entfernte, hörte Dragos ihn mit einem lächelnden Schulterzucken sagen: „Sie ist meine Partnerin, nicht mein Problem."

Dragos' und Pias ältester Sohn Liam hatte sich vom College freistellen lassen, um zu der Party zu gehen, und Dragos nutzte die Gelegenheit, um Liam zu mustern, während sein Sohn sich durch die Menge bewegte – ein lächelndes, entspanntes Raubtier.

Liam war eine der vielen Veränderungen, die Dragos und Pia durchgemacht hatten. Wenn Liam herangewachsen wäre wie jedes andere Kind, wäre er jetzt noch ein Kleinkind. Stattdessen, als Sprössling zweier höchst magischer und mächtiger Wesen, hatte sich sein Leben mit einer Geschwindigkeit entwickelt, die an die erste Generation der Alten Völker gemahnte.

Inzwischen war er ebenso hochgewachsen und mächtig gebaut wie Dragos. Seine ansehnlichen Züge, sein blondes Haar und seine blauen Augen waren für die meisten Frauen und ein paar der Männer wie Katzenminze. Er wischte ihre Avancen mit lockerer Selbstsicherheit beiseite, und Dragos lächelte vor sich hin, als ihm klar wurde, dass Liam sehr viel mehr auf dem College gelernt hatte als Hausaufgaben und Zaubersprüche.

Er war der goldene Sohn, der offenkundige Erbe. New York lag ihm zu Füßen, wenn er es denn wollte, und New York sprach seine Gedanken laut und deutlich aus und sagte ja, bitte. Aber wenn es an der Zeit war, würde Liam die Wahl treffen, die Herrschaft über die Domäne in New York anzutreten? Es gab keine Möglichkeit, schon jetzt zu wissen, wie sich das Ganze abspielen würde.

Dragos behielt das Penthouse oben im Cuelebre-Tower. Vielleicht würde er es letztlich Liam schenken, aber das musste noch entschieden werden. Im Augenblick behielt er es für sich selbst und für Pia.

Er behielt auch den Großteil des Geldes. (Davon gab es eine ganze Menge.) Geldangelegenheiten sorgten für die allerschlimmsten Kopfschmerzen, denn Dragos hatte seine Finanzen immer als Transfermasse behandelt und Vermögen von seinem persönlichen auf die Geschäfts-konten der Domäne verschoben, oder wieder zurück, wie sie eben gebraucht wurden.

Letztlich behielt er seine liebsten geschäftlichen Unternehmungen, alle davon verlässliche Geldquellen, die effektiv weiterarbeiten konnten, ohne dass er ständig steuernd eingreifen musste, aber zog sich aus den Gremien zurück und überschrieb bei anderen die Aktien. Es würde teuer werden, in Rhyacia eine Nation aufzubauen. Er hatte keine Bedenken, dass er den Großteil seines flüssigen Vermögens behielt, während er der Domäne genug als Betriebsetat zurückließ, um bis zum Ende des ersten Kalenderjahres zu kommen.

Mit den Geschäften, die er überschrieben hatte, und einem ordentlichen Management würde die Wyr-Domäne in New York flüssig bleiben und innerhalb von fünf bis sieben Jahren wieder einen Überschuss aufbauen. Allein die Mieten von den Geschäften und Restaurants im Cuelebre Tower würden die Grundausgaben der Wyr-Domäne finanzieren. Sie hatten genug, um Rechnungen zu bezahlen, alle

Verwaltungs-, Anwalts- und Wächter-Gehälter, und die Lichter würden nicht ausgehen. Sie würden sich bestens durchboxen.

Eines Abends, als Dragos aus geschäftlichen Gründen nach New York gereist war und Pia und Niall zu Hause auf dem Land zurückgelassen hatte, hatten die Wächter ihm und Graydon eine inoffizielle Fete in Quentins Bar geschmissen. Diese war sehr viel exklusiver und wilder gewesen. Dort hatten Aryal und die anderen ihm ein großes, seltsam geformtes Geschenk überreicht. Es war hüfthoch, und als Dragos das Papier aufriss, stellte er fest, dass es eine goldene Sonnenuhr war.

„Kapierst du das?" Aryal stieß ihn an der Schulter an. „Es ist eine goldene Uhr zum Ruhestand! Aber diese wird auch in einem Anderland funktionieren. Hahaha!"

Als Dragos die Augenbrauen hob, sagte Quentin: „Sie wartet schon seit Wochen darauf, dass sie das sagen kann."

Aryal gab zu: „Tatsächlich ist sie so groß, dass sie nur vergoldet ist – das ist kein Massivgold. Aber sie wurde mit hochwertigstem Gold gestaltet! Dessen haben wir uns versichert, als wir es gestohlen haben. Ist das nicht ein verdammtes Lieblingsstück?"

Eine riesige goldene Uhr, die aus einem gestohlenen Schatz hergestellt worden war. Dragos lachte. „Das ist sie. Sie ist wirklich ein verdammtes Lieblingsstück."

„Jawohl", sagte der Greif Bayne, in seinen Augen blitzte ein Lächeln. „Das dachten wir uns."

Schließlich, schon nahe der Dämmerung, endete die Party. Graydon verließ sie mit einer Riesentasche Stoffwindeln und einer Kiste altem Whiskey. Dragos kehrte aufs Land zurück, die Sonnenuhr im Gepäck und ein Lächeln auf dem Gesicht.

Alle abschließenden Aufgaben hatten sich in einem vernünftigen Zeitraum erledigen lassen, und alle Hindernisse waren überwunden. Obwohl Dragos niemals behaupten würde, er könne Frauen verstehen, hatte er seiner Frau zugehört, während sie sich ihre Probleme von der Seele geredet hatte, und er hatte ihr mit ihrem Körperpflege-Set eine große Freude gemacht. Für jemanden, dem bewusst war, dass er kein sonderlich guter Mensch war, gefiel ihm der Gedanke, dass er einen guten Partner und Ehemann abgab. Er war ein guter Drache.

Liam versprach, sie nächsten Monat in Rhyacia zu besuchen. Die Wächter schworen, dass sie abwechselnd ihren Urlaub dort auf Besuch verbringen würden, und wenn man nach der Begeisterung auf ihren Gesichtern ging, wusste Dragos, dass sie es ernst meinten. Die Kleidung von Dragos, Pia und Niall war eingepackt. Früher an diesem Tag hatten Graydon und Bel zusammen mit ihrer Baby-Tochter und Bels Kader aus eingeschworenen Elfendienern bereits den Übergang gemacht.

Alles war gut organisiert. Das Leben ging weiter, auch wenn es nicht ganz rosig war. Am Wochenende hatte Eva die Nachricht überbracht, dass Elizabeth Creedy, eine von Liams alten Grundschullehrerinnen, am Freitagabend bei einem Autounfall ums Leben gekommen war. Das machte Pia sehr traurig, denn sie hatte Miss Creedy gemocht, aber Dragos erinnerte sich kaum daran, wie die Frau ausgesehen hatte.

„Sie war so jung, erst in den Vierzigern", sagte Pia. „Und ich glaube nicht, dass sie Familie hatte. Ich erinnere mich daran, dass sie einmal gesagt hat, die Kinder in ihrem Klassenzimmer wären ihre Familie. Liam wird traurig sein, wenn er hört, dass sie gestorben ist. Sie war so nett zu ihm."

Liam war mit einer derart gesteigerten Geschwindigkeit aufgewachsen, dass er nicht sonderlich lang in einem Klassenzimmer geblieben war, darum hatte er zu niemandem lebenslange Beziehungen aufgebaut. Dragos war ziemlich stolz, dass er vermied, das zu erwähnen, denn er wusste, dass er nicht immer das taktvollste Wesen war.

„Stören wir ihn nicht noch mehr, während er Unterricht hat", schlug er vor. „Er hatte dieses Jahr schon genug Unterbrechungen. Wir können ihn über die Neuigkeiten immer noch unterrichten, wenn er zu Besuch kommt."

Pia dachte ein wenig darüber nach. „Das klingt sinnvoll, schätze ich."

Die Unterhaltung bewegte sich zu anderen Dingen weiter, und die letzten Stunden ihrer verbleibenden Zeit auf der Erde flogen vorüber, bis schließlich ihr letzter Abend nahte. Dragos freute sich auf eine gute Nacht mit Schlaf und Sex, nicht in dieser Reihenfolge, auf den Genuss eines großen, selbstgemachten Frühstücks am Morgen und dann einem gemütlichen Übergang nach Rhyacia am späten Vormittag.

Das würde natürlich der Zeitpunkt sein, an dem die Dinge den Bach runtergingen, wie sie es jedes verdammte Mal taten, wenn es in seinem Leben zu glatt lief.

IN DIESER NACHT lümmelte er auf ihrem Bett und sah sich die Spät-Nachrichten an, die Füße an den Knöcheln überkreuzt. Die 24-Stunden-Nachrichtenkanäle würde er vermissen. Er hatte jemanden angestellt, der ihm jede Woche einen zusammenfassenden Bericht der Weltnachrichten geben würde, sowohl die der Menschen als auch die der Alten Völker, und um verschiedene Zeitungen zu sammeln, die ihm zugestellt werden sollten. Er mochte sich ja von der Erde zurückziehen, aber er würde nicht den Kopf in den Sand stecken. Es lohnte sich immer, gut informiert zu bleiben.

Pia lehnte an einem Berg Kissen. Sie hatte gerade erst das Baby zu Ende gestillt, und Niall war auf ihrer Brust eingeschlafen. Die Terrassentüren standen offen, wie es so oft der Fall war, um die kühle Nachtluft hereinzulassen, die nach anstehendem Regen roch.

Während sie den dunklen, flaumigen Kopf des Babys streichelte, gurrte Pia: „Wo ist denn mein kleiner dolchwütiger Psychopath?"

Dragos kicherte, während er ihr eine Hand aufs Knie legte. „Das lässt du ihn besser nicht auf diese Weise hören, wenn er in seiner Wyr-Gestalt ist. Er könnte auf den Gedanken kommen, es sei etwas Gutes, ein kleiner dolchwütiger Psychopath zu sein."

„Das würde ich doch nie." Sie grinste. „Im Augenblick ist er nur ein Baby und weiß es nicht besser, aber in seiner Wyr-Gestalt versteht er jedes einzelne Wort, das wir sagen."

„Das beweist nur, was ich schon seit Jahrhunderten sage", merkte er träge an. „Tiere sind von allen Wesen die intelligentesten."

„Ja, und das betrifft nicht nur die Wyr", stimmte sie zu. „Normale Tiere sind auch total klug. Jeder Haustierbesitzer kann dafür …" Sie runzelte die Stirn. „Normal. Haustierbesitzer. O nein." Während sie Niall festhielt, sprang sie auf. „Dragos, zieh dich an. Wir müssen zu Miss Creedys Haus — wir müssen herausfinden, wo sie gewohnt hat."

Sie sprach leise, damit sie das Baby nicht weckte, aber die Dringlichkeit in ihren Worten ließ ihn sofort zur Tat schreiten. *Eva*, sagte er telepathisch, während er sich schnell eine Jeans anzog. *Wir brauchen dich, sofort.*

Bin gleich da, erwiderte Eva. Obwohl er sie vermutlich geweckt hatte, klang sie völlig aufmerksam. *Was ist los?*

Ich weiß es noch nicht. Er hörte bereits, wie Eva durch das Haus zu ihnen lief, darum verlegte er sich auf die normale Sprache. „Was ist los, Pia?"

Sie hatte Niall schon auf das Bett gelegt und zog sich ebenfalls rasch an. „Miss Creedy hat einen Hund gerettet, als Liam bei ihr zur Schule ging. Er hat diesen Hund geliebt. Sagte, er wäre der hässlichste Köter, aber so lieb und klug, und er würde richtig gern Tricks lernen." Sie sah ihn an, wirkte verstört. „Sie hatte keine Familie. Was, wenn niemand an den Hund gedacht hat, und er immer noch in ihrem Haus ist? Es ist drei Tage her, seit sie gestorben ist."

„Ich werde ihre Adresse herausfinden." Als ehemaliger Lord der Wyr-Domäne hatte Dragos immer noch Zugriff auf gewisse Datenbanken. Er kam im Gang an Eva vorbei und lief die Stufen zu seinem Büro hinab.

„Eva – oh, gut, da bist du ja", sagte Pia. „Wir brauchen dich, um eine Weile auf Niall aufzupassen."

Während Evas und Pias Stimmen herab trieben, loggte er sich in seinen Computer ein und führte ein paar schnelle Recherchen durch. Als Pias rasche Schritte im Eingang erklangen, hatte er sich bereits erhoben. Er ging um den Schreibtisch herum.

„Ich hab's", sagte er zu ihr. „Sie hat auf der anderen Seite der Stadt gewohnt. Ich kann mich verwandeln und uns in ein paar Minuten hinfliegen."

„Ok. Warte mal." Sie rannte in die Küche und kam mit einer Tupperware-Schüssel zurück, in der der Speck war, den sie fürs Frühstück gebraten hatte. „Ich hoffe, jemand hat bereits daran gedacht, im Haus nach den Tieren zu sehen. Wenn niemand dort war ... Na, ich hoffe, er lebt noch.“

Dragos verstand das Bedürfnis danach, Haustiere zu halten, nicht. Für ihn waren Tiere entweder Raubtier oder Beute – und da er das ultimative Spitzenraubtier war, machte er sich nicht allzu viele Gedanken um die Feinheiten dieser Unterscheidungen.

Aber er verstand die Gefühle, die Leute mit ihren Tieren verbanden, und er verstand nur zu gut, was für ein emotionaler Aufruhr Pias Geruch nun verdüsterte. Nur der Gedanke an jegliches einfache Tier, das vernachlässigt oder misshandelt wurde, war gelinde gesagt widerlich.

„Es wird schon in Ordnung sein“, sagte er zu ihr, während er ihr eine Hand auf den schmalen Rücken legte. „Wenn er noch dort ist und lebt, werden wir ihm helfen.“

Es fing an zu regnen, während sie hinaus durch die Eingangstür und über den Rasen gingen. Als sie weit genug vom Haus entfernt waren, verwandelte sich Dragos, dehnte seine Größe rasch aus, bis Pia aus seiner Sicht auf die Größe einer Puppe schrumpfte. Der Drache beugte den Kopf zu ihr herab. Sie berührte seine Schnauze, eine rasche, zuneigungsvolle Geste, und dann hob er sie auf, um sie im sicheren Käfig seiner Klauen zu bergen, und stieß sich in die Luft empor.

Als sie beschlossen hatten, die Stadt zu verlassen und aufs Land zu ziehen, hatte Dragos sich jede Einzelheit der Land- und Nebenstraßen seines neuen Reviers eingeprägt. Da er mit dem Aufbau der nahegelegenen Stadt gut vertraut war, flog er mit absoluter Präzision zu der Straße, in der Elizabeth Creedy gewohnt hatte.

Sobald er da war, dauerte es nur wenige Augenblicke, um ihre Postadresse ausfindig zu machen. Wenige Minuten später landete der Drache leise mitten auf der Straße vor einem kleinen, gut gepflegten Haus im Craftsman-Stil.

Es war schon fast Mitternacht, und die umliegende Nachbarschaft war zum Großteil dunkel und still. Straßenlaternen vertrieben in regelmäßigen Abständen die Finsternis und ließen den Nieselregen und die frisch gebildeten Pfützen auf dem rutschigen Asphalt hervortreten. Ein paar Lichter leuchteten hinter Fenstern, doch Dragos war sich sicher, dass niemand ihre Ankunft mitbekommen hatte. Er stellte Pia auf die Füße, legte seine Flügel an und verwandelte sich zurück in seine Menschengestalt.

Pia warf ihm einen verhaltenen Blick zu. Sie richtete sich offensichtlich darauf ein, etwas Düsteres und Trauriges im Innern des Hauses zu finden, und er schüttelte den Kopf und nahm ihr die Tupperware-Schüssel aus der Hand.

„Du musst das nicht machen.“ Er senkte seine Stimme, bis sie ganz leise war. „Ich kann das. Warte hier.“

„So sehr ich dich auch liebe, ich muss sagen, für die meisten Leute gibst du einen furchterregenden Anblick ab.“ Sie sprach ebenso leise wie er. Ihre Augen waren weit aufgerissene Schatten auf ihrem blassen Gesicht. „Stell dir vor, wie erschreckend du für einen verhungerten, verängstigten Hund aussiehst.“

„Zu diesem Zeitpunkt findet er vielleicht alles erschreckend und ist bissig“, erklärte er. „Ich kümmere mich darum.“ Außerdem, wenn der Hund in einem so schlechten Zustand war, dass man ihn einschläfern musste, konnte er das rasch übernehmen, ohne dass noch zusätzlicher emotionaler Stress für Pia dazu kam, wenn sie dabei war.

„Ok.“ Sie rang die Hände. „Sei sanft.“

Er nickte und marschierte den Weg zum Haus der toten Frau entlang. Als er die Veranda zur Eingangstür überquerte, quietschten die Bretter unter seinen Stiefeln.

Hysterisches Gebell brach tief im Innern des Hauses los.

Er warf einen Blick zurück zu Pia. Das beantwortete die hauptsächliche Frage. Der Hund war im Haus, und er war noch am Leben. Und sein Zustand war gut genug, um energisch auf Eindringlinge zu reagieren.

Er packte den Türknauf und brach das Schloss mit einer raschen Bewegung auf, um hinein zu schlüpfen. Der Geruch von Urin und Fäkalien bedrängte seine Nase. Das Gebell fand ein jähes Ende. Dragos folgte den verräterischen Scharr-Geräuschen, bis er ein düsteres Schlafzimmer erreichte. Sein scharfer Blick sah im trüben Licht der nahen Straßenlaterne sehr gut. Miss Creedy war ordentlich gewesen. Das Bett war gemacht, die Schubladen und Schränke waren geschlossen.

Er hörte das angestrengte Atmen und den entsetzten Herzschlag des Hundes, der sich unter das Bett kauerte. Er ging auf ein Knie und ließ Macht in seine Stimme einfließen.

„Du bist sicher", sagte er. „Komm jetzt hervor."

Es war eine einfache Kreatur. Normalerweise hätte sie einen völlig Fremden, der sich darauf einließ, eine Unterhaltung mit ihm zu führen, nicht verstanden, doch der magische Zwang in Dragos' Worten holte sie unter dem Bett hervor. Der Hund stank. Als er die Hand auf seinen zitternden Rücken legte, konnte er deutlich die Wirbelsäule und die Rippen unter dem verfilzten Pelz spüren.

Ein rasches magisches Abtasten verriet ihm einiges. Es war kein junger Hund, vielleicht neun oder zehn Jahre alt. Er wog an die zwölf Pfund, hätte aber eher fünfzehn wiegen sollen, doch obwohl er an Hunger und Stress litt, war seine grundlegende Verfassung in Ordnung.

„Guter Hund", sagte er zu ihm. Er stellte die Tupperware-Schüssel hin und nahm den Deckel ab. Als er ihm ein Stück Speck anbot, ließ der Hund den Kopf hängen und weigerte sich, es zu nehmen. „Friss."

Unter seiner Hand zitterte es noch mehr. Furchtsam nahm der Hund den Speck aus seinen Fingern. Der Geschmack hatte wohl seinen Appetit angeregt, denn er schlang das Stück hinunter. Dragos bot ihm ein weiteres Stück an. Diesmal wurde es ihm aus den Fingern gerissen und inhaliert. Er fütterte den Hund mit einem dritten Stück. Dann einem vierten.

Leichte Schritte erklangen hinter ihm. Pia war ins Haus geschlüpft. Telepathisch sagte er: *Könntest du etwas Wasser bringen?*

Natürlich.

Innerhalb weniger Augenblicke betrat sie das Schlafzimmer mit einer Schale frischen Wassers, die sie neben Dragos' Fuß abstellte. Das Zittern des Hundes wurde durch ihre Anwesenheit stärker. Dragos schob die Schale näher zu ihm und sagte: „Trink."

Er gehorchte und schlabberte das Wasser in großen Schlucken auf.

Als er die tropfende Schnauze von der Schüssel hob, sagte Dragos: „Guter Hund." Er wirkte einen Schlafzauber, und der Hund sank mit einem erschöpften Seufzen zu Boden.

Pias Stimme klang belegt wegen zurückgehaltener Tränen. „Das war schrecklich."

„Er wollte nicht fressen. Ich musste ihn dazu zwingen." Dragos richtete sich aus seiner hingekauerten Haltung auf.

„Das überrascht mich nicht. Er ist zu Tode erschrocken." Pia ging zum Eingang. „Ich schalte das Licht an."

Einen Augenblick später wurde das Zimmer von Licht durchflutet. Zusammen betrachteten sie das schlafende Tier auf dem Boden. Dragos sagte: „Das ist wirklich der hässlichste Hund, den ich je gesehen habe."

Pia legte den Kopf schief, während sie den Hund näher betrachtete. „Es ist ein Rüde." Sie ging zum Bett, auf dessen Fuß eine gefaltete Häkeldecke lag. „Die riecht nach zu Hause. Hoffentlich wird sie ihn trösten." Sie schüttelte sie aus und kniete sich hin, um den schlafenden Hund damit zu bedecken.

„Also gut." Er zog sein Telefon heraus. „Ich rufe das Amt an."

Pia erhob sich und drehte sich um, um ihn anzustarren. „Dragos Cuelebre, das wirst du nicht tun."

Er hielt inne, das Telefon halb ans Ohr gehoben. „Werde ich nicht?"

„Wir nehmen ihn mit uns nach Hause."

Eine Lawine aus Gründen, weshalb sie das nicht tun sollten, türmte sich in seinen Gedanken auf. Er sagte: „Pia …"

Sie hob das Kinn und hielt ihm einen ausgestreckten Finger entgegen. „Ich will nichts von dem hören, was du zu sagen hast. Dieser Hund wurde von einer guten Frau geliebt, die nett zu unserem Sohn war. Sie ist inzwischen tot, und du kannst verhindern, dass er sich zu Tode verzehrt und ihn zum Fressen bringen. Wir nehmen ihn heute Nacht mit nach Hause."

Sie hatte ihn bei seinem ganzen Namen genannt, und dieser ausgestreckte Finger verhieß, dass es ernst war. Offenbar war das nicht der geeignete Zeitpunkt, den Sex und den Schlaf zu erwähnen, oder das überbordende Frühstück, das er im Sinn gehabt hatte, ehe sie den

Übergang nach Rhyacia machten.

Er biss sich auf die Innenseite der Wange, hielt seinen Tonfall aber milde. „Ich verstehe."

Sie kniete sich wieder hin, um den schlafenden Hund in die Decke einzuwickeln. „Ich bin so wütend, dass ich nicht früher daran gedacht habe. Das arme Ding hätte nicht die letzten drei Tage so durchstehen müssen."

„Sei nachsichtig mit dir. Es ist ja nicht so, als wärst du dick mit Miss Creedy befreundet gewesen", fühlte er sich gezwungen, darzulegen. „Es gab eine ganze Reihe Leute, die sie besser kannten und die auch früher daran hätten denken können – wie der Rektor ihrer Schule, oder die anderen Lehrer."

„Ich weiß. Aber das macht es nicht einfacher. Immerhin ist er nicht gestorben, und wir können ihm jetzt helfen." Sie hob den Hund auf und stand auf. „Kannst du nachsehen, ob es irgendwo Hundefutter gibt, das wir mitnehmen können? Für ihn wäre es besser, wenn er das zu fressen bekommt, woran er gewöhnt ist, zumindest die nächste Woche über. Schnapp dir auch seine Näpfe."

„In Ordnung." Eine rasche Suche in der Küche brachte eine Tüte Premium-Trockenfutter und ein paar Dosen Feuchtfutter zum Vorschein. Er warf alles in eine Einkaufstüte aus Papier und ging dann zurück an die Eingangstür, wo Pia mit dem Hund wartete. „Das sollte das Vieh durchbringen, bis wir wissen, was wir machen."

„Das Vieh? Er ist eine Person, möchte ich doch meinen!" Sie funkelte ihn an, aber sein Taktgefühl hatte Grenzen, und er hatte kein wirkliches Bedauern anzubieten. Sie seufzte. „Ok, gehen wir heim."

„Klingt gut für mich." Er war nur zu froh, diesen Ort zu verlassen, der nach Vernachlässigung und Stress roch. Er geleitete sie nach draußen, verwandelte sich in den Drachen, hob sie auf, mitsamt dem Hund und allem anderen, und machte sich auf den Weg nach Hause.

Der Regen setzte nun erst recht ein, und er drohte sich in einen richtigen Sturm zu verwandeln, und Blitze flackerten bereits in der Ferne. Seine zähe Drachenhaut bot zwar all den Schutz, den er brauchte, aber die Frau und der Hund, die er trug, konnten das Wetter nicht ganz so leicht abwehren. Er schirmte sie mit beiden Vorderläufen ab, so gut er konnte, und nachdem er auf dem Rasen vor ihrem Haus gelandet war und sich wieder zurück in einen Menschen verwandelt hatte, nahm er ihr den Hund aus den Armen, und sie begaben sich in den Schutz des Hauses.

Sobald sie drinnen waren, ging sie zur Küche, und er folgte ihr. Sie wurde ganz nüchtern und ernst. „Bitte lege ihn auf den Tresen.“

„Er ist dreckig.“

Ihre blauen Augen blitzten, aber ihr Tonfall blieb geduldig. „Das weiß ich doch. Leg ihn trotzdem auf den Tresen. Den kann ich später sauber machen. Ich will ihm diesen verfilzten Pelz abschneiden, während er schläft. Du kannst ihn für mich ruhig halten, oder nicht?“

„Natürlich.“ Dragos legte das Tier auf den Tresen.

„Vielen Dank, mein Liebster.“ Sie streckte sich ihm entgegen, um ihm einen Kuss zu geben, und ein Teil seines Ärgers ließ nach. „Ich mache dir etwas zu trinken. Magst du einen Kaffee, Tee oder Kognak?“

Eine der faszinierenden Seiten der Paarung und der Ehe war die unendliche Komplexität und Vielfalt ihrer Kommunikation miteinander. An der Oberfläche hatte Pia ihn einfach nur gefragt, ob er etwas trinken wollte, aber in Wahrheit war das, was sie ausdrücken wollte, etwas vielschichtiger.

Er nahm sich einen Moment, um es herauszubringen. Im Augenblick lobte sie ihn, weil er ihr geholfen hatte, den Hund zu retten, und federte seine schlechte Laune ab, weil sie seine Versuche vereitelt hatte, den Hund jemand anderem aufzudrücken.

Beruhigte sie ihn, weil sie sich entschuldigen wollte? Nein, das ging zu weit. Sie hatte ihm eine Grenze aufgezeigt, und sie bedauerte es nicht. Aber sie bot ihm eine Belohnung dafür an, dass er ihr ihren Willen hatte durchgehen lassen.

Die Kommunikation mit ihr konnte genauso kompliziert sein wie eine Verhandlung um Beziehungen zwischen den Domänen. Als zusätzlicher Bonus machte diese Beziehung allerdings sehr viel mehr Spaß. Zufrieden damit, dass er (fast) sicher war, alles herausgebracht zu haben, erwiderte er milde: „Ich nehme einen Kognak.“

Sie lächelte. „Behalte ihn im Auge, bis ich zurück bin, ok?“

„Klar.“ Er legte dem Hund eine Hand auf den Oberkörper, um zu überprüfen, ob er immer noch fest schlief.

Innerhalb weniger Augenblicke kehrte sie mit seinem Kognak und einer Schere zurück, und während er am Küchentisch Platz nahm, wickelte sie den schlafenden Hund aus und schnitt das Fell an seiner Schnauze und im Gesicht zurück. Danach hob sie den Schwanz an, um die Haare an seinem Hintern zu kürzen. Er nippte an seinem Kognak und sah ihr bei der Arbeit zu.

Wenig später sagte sie: „Auf seinem Halsband steht, sein Name ist Skeeter. Ich glaube, er ist vielleicht ein Cockapoo? Vielleicht mit einer weiteren Rasse in der Mischung. Man kann einen guten Haarschnitt erahnen. Sie hat ihn wohl zum

Hundefriseur gebracht, vielleicht vor etwa sechs Wochen. Er ist definitiv schon wieder fällig. Und natürlich hatte er im Haus ein Problem mit Inkontinenz, der Arme."

Der Kognak war einer seiner Lieblinge, und er glitt wie goldenes Feuer seine Kehle hinab. Ganz nebensächlich bot er an: „Ich kann jemanden einstellen, der rund um die Uhr auf das Tier aufpasst, weißt du?"

Ihre blauen Augen hoben sich von dem Hund, und sie sah ihn unter gesenkten Augenbrauen an. Er erwiderte ihren Blick mit einem ausdruckslosen Starren. Pia war nicht die Einzige, die mehrere Dinge mit einer Bemerkung ausdrücken konnte.

„Auf ihn." Ihr Tonfall war unversöhnlich geworden. „Skeeter."

Er kniff sich in den Nasenrücken. „Auf ihn."

Sie wandte sich wieder ihrer Aufgabe zu. Nachdem sie das Fell fertig getrimmt hatte, hob sie den Hund auf und legte ihn sanft auf den Boden. Dann wischte sie die Haarreste in den Abfalleimer, säuberte die Schere und den Küchentresen mit Desinfektionsmittel, und wusch sich die Hände. Eindeutig waren ihre Gedanken mit irgendetwas beschäftigt. „Wir haben Liam einen Welpen besorgt. Vielleicht sollten wir auch für Niall einen haben."

„Liam hat die Verantwortung für den Hund übernommen", erklärte Dragos. „Niall ist immer noch ein Baby."

In diesen schönen blauen Augen entstand definitiv eine Barriere, und sie wuchs rasch zu einer Größe heran, die der Chinesischen Mauer Konkurrenz machte. „Niall wächst vielleicht genauso schnell heran wie Liam."

„Niall hat uns noch nicht gezeigt, wozu er fähig ist. Außerdem ist das Letzte, was wir brauchen, dass er den

Hund erdolcht oder ihn anzündet."

„Das würde er nicht tun", sagte Pia überzeugt. „Das würden wir ihn nicht tun lassen." Sie füllte einen Napf mit Wasser, den anderen mit Hundefutter. „Wir können Skeeter nicht ewig bewusstlos lassen. Du musst ihn dazu bringen, noch etwas zu fressen und zu trinken, und ihn dann nach draußen bringen."

„Ich nenne keine Kreatur Skeeter", sagte Dragos. „Und wie kommt es, dass es plötzlich meine Aufgabe ist, mich um ihn zu kümmern?"

Pia runzelte die Stirn. „Er hat seinen Menschen und sein Zuhause verloren, und er hat drei Tage lang nichts gefressen. Du kannst ihn ruhig halten, und du kannst ihn dazu ermutigen, zu fressen und zu trinken, darum kannst du ihn durch die schlimmsten Veränderungen bringen, die ihm bevorstehen, wenn er aufwacht."

Sie mochte ja Recht haben, aber das bedeutete nicht, dass es ihm gefiel. „Gut", blaffte er. „Wir brechen trotzdem morgen Vormittag nach Rhyacia auf."

„Ich habe nicht gesagt, dass wir das nicht tun, mein Liebster." Als sie sich streckte, um ihn zu küssen, klingelte es an der Haustür. Sie verzog wieder das Gesicht. „Wer könnte das mitten in der Nacht sein?" Dragos wirbelte zum Gang herum, aber sie packte ihn am Arm, ehe er flüchten konnte. „Du kümmerst dich um Skeeter. Ich sehe nach."

Sie würde ihn nicht vom Haken lassen. Er knurrte: „Gut."

„Danke", murmelte sie sanft.

Verdammt. Jedes Mal, wenn sie diesen Tonfall benutzte, wurde er gehorsam. Diese Frau hatte mehr Macht über ihn als irgendetwas sonst auf der Welt. Er ergab sich dem Unvermeidlichen, küsste sie rasch, dann wandte er seine

Aufmerksamkeit seinem derzeitigen Klotz am Bein zu.

Er ging in die Hocke und weckte den Hund sanft. Er brauchte immer noch ein Bad, aber er roch inzwischen besser, nachdem Pia ihn hygienisch zurechtgestutzt hatte. Als er sich hinsetzte, ließ Dragos wieder Macht in seine Worte einfließen, während er murmelte: „Sei ruhig." Winselnd leckte ihm der Hund die Hand, während er zitterte. Er legte die Hand an die Seite seines Gesichts. Er war zu klein und zu zäh, um als Snack durchzugehen. „Friss, trink. Alles ist gut."

Als der Hund gehorchte, hielt Dragos den Großteil seiner Aufmerksamkeit auf Pia gerichtet, die an die Tür ging. Nicht, dass er sich Sorgen machte. Obwohl sie am Abend sehr viel Privatsphäre genossen, wohnten sie nicht allein. Wachpersonal, die Hausangestellten und die Verwalter des Grundstücks wohnten in verschiedenen Gebäuden um sie herum. Und außerdem hatte Dragos seine eigenen Wachzauber rings um das Grundstück verteilt. Wenn derjenige, der da an ihrer Eingangstür stand, ihnen schaden wollte, war er sich sicher, er würde das wissen.

Trotzdem, jeder, der mitten in der Nacht an ihre Tür klopfte, hatte eine Geschichte zu erzählen, und die Chancen standen gut, dass die Geschichte keine gewöhnliche war. Er hörte, wie die Türangeln quietschten, als Pia öffnete.

Der frische, feuchte Geruch des Regens wehte durch den Gang in die Küche, zusammen mit der Überraschung in Pias Stimme. „Aryal! Niniane?"

„Pia!", rief Niniane. „Es ist so schön, dich zu sehen! Ich hatte Angst, du wärst vielleicht schon nach Rhyacia aufgebrochen, ehe ich hierherkommen könnte."

Aryal und Niniane waren hier?

Niniane war ein schmächtige Dunkler Fae, die früher

den Spitznamen Tricks gehabt hatte. Sie hatte jahrelang als Flüchtige in seiner Domäne gewohnt (als sie noch seine Domäne gewesen war). Inzwischen hatte sie ihren rechtmäßigen Platz als Königin der Dunklen Fae eingenommen und herrschte über das Anderland Adriyel. Tiago, der einst einer von Dragos' Wyr-Wächtern gewesen war, hatte sich mit ihr gepaart und New York verlassen, um bei ihr zu leben.

Der Hund hatte seine Mahlzeit hinuntergeschlungen. Dragos marschierte zur Küchentür, öffnete sie und befahl: „Hinaus! Verrichte dein Geschäft."

Der Hund rannte hinaus. Dragos achtete kaum auf ihn. Er konzentrierte sich auf die Unterhaltung, die weiter vorne im Haus stattfand.

Adriyel war ein Stück entfernt, mit Übergängen, die es mit Chicago verbanden. Dass Niniane und Aryal zusammen eintrafen, war nicht weiter verwunderlich, da sie einst dick befreundet gewesen waren, aber was machte Niniane hier? Und warum war sie ohne Tiago gekommen?

Schritte erklangen auf dem Hartholzboden, und Kleidung raschelte. Dragos stellte sich Umarmungen und so weiter vor.

„Es ist wunderbar, dich zu sehen!", sagte Pia. „Aber was machst du hier?"

Niniane kicherte – oder schluchzte? – und sagte: „Ich habe beschlossen, mit euch zu gehen."

„Was?", fragte Pia.

Aryal fuhr sie an: „*Du hast was?*"

Draußen auf dem Rasen hatte Skeeter sein Geschäft mit erstaunlicher Geschwindigkeit erledigt. Er hatte wohl schon eine Weile rausgemusst. Dragos schnippte mit den Fingern in Richtung des Hundes. „Rein. Jetzt."

Skeeter hob ein letztes Mal das Bein und raste in die Küche. Dragos schloss die Tür und ging zur Vorderseite des Hauses, den Hund auf den Fersen.

Es war ganz, wie er vermutet hatte. Die Neuankömmlinge in ihrem Haus hatten eine Geschichte zu erzählen.

Kapitel 3

„W AS?" PIA FÜHLTE sich, als wäre sie im Wiederholungsmodus steckengeblieben. Sie starrte die beiden Frauen auf ihrer Schwelle an.

Niniane war etwa eineinhalb Meter groß, und ihr Körperbau war leicht genug, dass die Harpyie sie im Flug tragen konnte. Wie Dragos und Pia waren Niniane und Aryal in den Regen geraten, nur dass sie einen weiteren Flug gehabt hatten.

Sie beide waren durchnässt. Niniane trug einen Rucksack auf den schmalen Schultern. Ihre seidigen schwarzen Haare klebten ihr an der Stirn, was die eckigen Formen ihres kleinen Gesichts betonte, die großen grauen Augen, und ihre spitzen Ohren enthüllte. Ihre Energie war merkwürdig, verkrampft und undurchsichtig, als würde sie ihre Macht auf irgendeine Weise verhüllen. Obwohl es Pia auffiel, war ihr nicht klar, was das bedeutete.

Aryal funkelte die kleine Fee an. „Du hast nur gesagt, dass du Pia sehen willst", rief sie. „Du hast nichts davon gesagt, nach Rhyacia zu gehen. Weiß Tiago davon? So, wie er sich mit den anderen in der Bar entspannt hat, wette ich, nicht."

Ninianes Schultern hoben sich, und sie lächelte Aryal entschuldigend an. „Er wird es herausfinden, wenn ich nicht zurückkomme. Stimmt's?"

„Was zum Teufel, Tricks?", sagte Aryal, und in ihrem Gesicht kochte eine enorme Wut hoch. „Du verlässt ihn? Ist das die Art, wie man mit dem Mann umspringt, der sein ganzes verdammtes Leben für dich verändert hat – der sich mit dir gepaart hat?"

Ninianes Gesicht zeigte Erschrockenheit. „Nein, nein – das verstehst du falsch. Ich verlasse ihn nicht! Ich verlasse Adriyel, und ich habe noch nicht herausgefunden, wie ich es Tiago sagen soll. Ich hoffe, ich weiß, was ich sagen muss, wenn er mich einholt."

Die Harpyie wirkte nicht besänftigt. „Oh, also entscheidest du, dein Leben umzuwerfen, ohne erst mit ihm zu reden? Und er soll einfach so mitmachen, was du vorgibst? Beschissen. Einfach nur … beschissen. Niemand sollte seinen Partner so behandeln."

Aryal mochte ja recht haben, aber ihr Frontalangriffsstil ließ einiges zu wünschen übrig.

„Ich glaube, das reicht vorerst", ging Pia dazwischen, während sie vom Eingang zurückwich, um sie ins Innere des Hauses zu winken. Fliegen war harte körperliche Arbeit. Sie wusste aus Erfahrung, dass Aryal am Verhungern sein musste. „Warum kommt ihr nicht beide rein und trocknet euch? Ich mache uns was Heißes zu trinken und einen kleinen Happen, dann können wir reden."

„Das klingt gut!", rief Niniane. Ihre Zähne fingen an zu klappern. „K…klingt das nicht gut, Aryal?" Ihr Blick verlagerte sich von der wütenden Harpyie in den Gang hinter Pia, und echte Freude glomm auf ihren angespannten Zügen auf. „Dragos, hi! Wow … hast du dir einen Hund zugelegt?"

„Nein, habe ich nicht", sagte Dragos. „Wir haben ihn heute Abend gerettet. Pia hat recht. Du kannst erklären, was los ist, nachdem ihr reingekommen seid und euch abgetrocknet habt.“

„Ok! Soll ich eines der Gästebäder links nehmen?“ Mit einem argwöhnischen Seitenblick auf Aryal lief Niniane die Treppen hinauf.

„Scheiß drauf, Fee“, murmelte Aryal wütend. „Ich rufe Tiago an.“

Als sie ihr Handy aus der Jeanstasche holte, führte Dragos eines dieser Manöver aus, die zeigten, wie schnell er wirklich war. Er griff um Pia herum und schnappte sich das Telefon aus Aryals Hand. „Trockne dich ab“, befahl er. „Und beruhige dich.“

Die Harpyie funkelte ihn an, wirkte so wütend wie eine nasse Katze. „Du bist nicht mehr mein Boss. Denk dran, du hast gekündigt. Gib mir mein verdammtes Telefon zurück.“

Geschmeidig wie ein Hai, der durchs flache Wasser glitt, schlüpfte Dragos an Pia vorbei. Dabei legte er ihr eine Hand flach auf die Brust und schob sie sorgsam hinter sich. Sein mächtiger Körper hatte übergangslos eine aggressive Haltung eingenommen, und als Reaktion darauf stellten sich die Haare in Pias Nacken auf.

Mit weicher Stimme sagte er: „Bring mich doch dazu.“

Wie ein Schatten an seinen Fersen knurrte Skeeter Aryal an.

„Aus!“, befahl Pia. Sie hatte mit dem Hund geredet, aber als sowohl Dragos als auch Aryal stutzten, um sie anzuschauen, beschloss sie, es auszunutzen. Sie deutete auf sie beide: „Ihr Raubtiere habt das schrecklichste Naturell, das mir jemals untergekommen ist.“

Eigentlich hatte Aryal das schrecklichste Naturell, das ihr jemals untergekommen war – Harpyien waren berüchtigt für ihre aufgewühlten, oft gewalttätigen Launen –, aber

Dragos war ebenfalls nicht für sein sonniges Gemüt bekannt.

„Bring ihn dazu, dass er mir mein verdammtes Telefon zurückgibt, Pia“, sagte Aryal, ihr Gesicht verhärtet.

„Du kannst dein verdammtes Telefon zurückhaben, wenn Dragos es für richtig hält“, erklärte Pia. „Niniane hat doch eindeutig mit irgendwas zu kämpfen. Denk daran, wie sehr du sie magst, lass sie kurz runterkommen, und wenn sie sich sicher genug fühlt, um darüber zu reden, dann wird sie das tun. Außerdem schläft mein Baby oben, und ich will, dass das so bleibt. Du kannst entweder reinkommen, dich benehmen und etwas essen, oder du kannst dich gleich wieder zurück auf den Weg nach New York machen.“

Während sie sprach, stahl sich ein Funken Vernunft zurück in Aryals stürmischen Blick. „Äh … Ich schätze, ich nehme was zu essen.“

„Du weißt, wo die Küche ist.“ Pia trat zur Seite. Während Aryal sich an ihnen vorbei schob, schaute Pia zu Dragos. Irgendwann in der Mitte ihrer kleinen Ansprache hatte sein Zorn nachgelassen. Er sah sie durch halb gesenkte Augenlider an, ein leichtes Lächeln zupfte an seinen Mundwinkeln. Sie zuckte ungeduldig mit den Schultern. „Was?“

„Ich liebe es, wenn du dich zur Alleinherrscherin erhebst“, murmelte er. Er schlang einen Arm um ihre Taille, dann zog er sie zu einem tiefen Kuss an sich.

Bei den geheiligten Göttern, er war unwiderstehlich, wenn er beschloss, den Sexappeal hochzuschrauben. Sie sank an ihn, legte ihm einen Arm um den Hals, während er seine Zungenspitze – nur die Spitze – zwischen ihre Lippen schob. Er gab ein kaum wahrnehmbares, frustriertes Geräusch von sich.

Wenn sie jetzt nicht in die Bremsen stieg, wusste sie nicht, ob sie noch aufhören konnte. Sie zog sich zurück, musterte sein Gesicht. *Was ist los mit dir?*, fragte sie telepathisch. *Du wirkst heute Abend ungewöhnlich mürrisch.*

Widerstrebende Erheiterung glitzerte in seinem heißen, goldenen Blick. *Stör dich nicht daran. Ich fühle mich einfach nur von der Bettkante gestoßen. Ich hätte erwartet, dass wir um diese Uhrzeit schon bei der zweiten Runde Sex wären. Das wäre dann die langsame Runde gewesen, mein Kopf zwischen deinen Beinen. Die Runde, in der ich nicht aufhöre, ganz gleich wie sehr du schreist und bettelst.*

Oh, wow, sagte sie benommen. Hitze wogte über sie hinweg, wie Rauch aus Drachenatem, der sich um ihren Körper ringelte, und ein dumpfer Hunger verflüssigte sich zwischen ihren Beinen. *Das klingt großartig.*

Die Hitze, mit der er sie genau im Blick hatte, wurde intensiver, bis die Luft flirrte. Er ließ eine Hand zwischen ihre Schenkel gleiten und griff zu. *Wie geht es dir da oben, Geliebte?*

Er war niemals gut in Schmeicheleien oder Liebenswürdigkeiten gewesen, außer hin und wieder dieser einen. Sie wollte sich räuspern, aber es kam nur ein Winseln heraus. *Ich – ich bin mir nicht ganz sicher.*

„Hey, stört es euch, wenn ich den Speck im Kühlschrank esse?", rief Aryal.

Die Hand zwischen ihren Beinen ballte sich zur Faust. Dragos gab erneut dieses kaum hörbare Geräusch von sich, ein frustriertes Knurren, das so leise war, dass es eine Vibration verursachte. Pia zog sich zurück und schlug sich beide Hände vor den Mund, während sie vor Lachen schnaubte.

Aryal kam in den Gang, eine Tupperware-Schüssel in

der Hand. Sie schüttelte den Behälter in ihre Richtung. „Speck?“

Skeeter, der immer noch an Dragos’ Fersen hing, bellte. Dragos schloss die Augen. Er wirkte, als würde er echte Schmerzen leiden.

„K…klar.“ Pia versuchte, zu verhindern, dass ihre Stimme bebte. „Nur zu.“

„Toll. Es steht auch so ein Schmortopf rum. Ich hab mal probiert. Schmeckt köstlich.“

Pia wedelte mit der Hand. „Nimm dir ruhig.“

„Danke.“ Die Harpyie schlenderte zurück in die Küche.

„Und da geht der Frühstücksteil meiner Pläne dahin“, murmelte Dragos, sodass sie noch mehr lachte.

Als sie eine Bewegung oben an der Treppe wahrnahm, wurde sie wieder nüchtern. Niniane kam nach unten. Sie war trockener, nicht mehr ganz so fiebrig, aber diese seltsame Verhüllung dämpfte nach wie vor ihre energetische Ausstrahlung. „Geht es dir gut, meine Liebe?“

„Ich bin schwanger.“ Niniane ließ die Verhüllung fallen und brach in Tränen aus. Plötzlich konnte Pia es spüren und in ihrem veränderten Geruch wahrnehmen.

Dragos sagte: „Oh, Scheiße.“

Niniane heulte noch lauter.

Etwas später saßen sie am Küchentisch. Ninianes Geschichte war durchbrochen von großen, lauten Schluchzern herausgekommen.

Sie hatte in letzter Zeit eine Menge getrunken.

(„Warum auch nicht?“)

Der Druck, dem sie als Königin der Dunklen Fae ausgesetzt war, war unnachgiebig. Sie verbrachte sehr viel Zeit damit, darüber nachzudenken, was gewesen sein könnte oder mochte.

(„Das alte hätte, hätte, Fahrradkette“, sagte sie mit einem traurigen Schluckauf.)

Dann hatte sie eines Nachts aufgehört, die Möglichkeit einer Schwangerschaft zu blockieren.

(„Ich war betrunken, es gab keine Ausrede, und ich habe den Verhütungszauber eine Nacht lang weggelassen. Das war genauso, als würde man Löcher in ein Kondom stechen. Sehen wir doch mal, was passiert, dachte ich. Vermutlich wird in einer einzigen Nacht nichts passieren. Ich meine, ich weiß, dass Wyr-Männer mächtiges, unaufhaltsames Sperma haben, aber Tiago hätte doch auch von seiner Seite die Dinge blockieren sollen. Stimmt's? Ich habe mich einfach … ich habe mich so müde gefühlt. Das ist keine Entschuldigung. Ich suche hier nicht nach einer Ausrede. Ich sage nur, dass ich es satthatte, so zu tun, als wäre ich Single, und das, obwohl Gott und die Welt wissen, dass ich und Tiago ein Paar sind. Aber für die Dunklen Fae ist es wie ein schmutziges Geheimnis, einen Wyr zum Liebhaber zu haben. Für sie ist das eine Perversion, und es ist etwas, über das wir nicht reden sollen, und ich hatte alles und jeden satt. Und als ich mich in dieser Nacht an Tiago wandte, wollte ich so tun, als ob, und vergessen.“)

Pia saß da, einen Arm um die Schulter der kleineren Frau gelegt, und lauschte dem Schmerz, der aus ihr hervorsprudelte. Dragos saß an einem Ende des Küchentischs seitlich auf seinem Stuhl, die Arme verschränkt, während er mit gerunzelter Stirn ins Nichts starte. Skeeter hatte den Kopf auf Dragos' Schuh gelegt.

Die Feindseligkeit war komplett aus Aryal gewichen. An einer Stelle der Erzählung verließ sie leise den Raum und war ein paar Minuten lang weg. Als sie zurückkehrte, lehnte sie sich schräg zum Zimmer in den Eingang.

Niniane hatte den Kopf auf die Unterarme gestützt, weigerte sich, jemandem in die Augen zu schauen. „So, wie ich das sehe, kann ich abtreiben und zurück nach Adriyel gehen, als wäre nichts passiert", sagte sie dumpf. „Oder ich kann das Baby insgeheim bekommen, es aufgeben und zurück nach Adriyel gehen, als wäre nichts passiert."

Pia bedeckte den Mund mit einer Hand, begegnete Dragos' Blick und schloss dann die Augen. Der Schmerz, der in diesen beiden Entscheidungen steckte, war zu schrecklich, um darüber nachzudenken.

„Oder ich kann das Baby offen bekommen, es zu meinem Erben erklären, und es sein ganzes Leben lang zum Ziel von Attentatsversuchen machen, denn die Dunklen Fae sind fremdenfeindliche, rassistische Arschlöcher, und die Götter bewahren uns davor, dass ein Halbblut irgendeinen Anspruch auf ihren wertvollen beschissenen Thron erheben könnte." Niniane holte abgehackt Luft. „Oder ich kann abtreten und das Baby bekommen … und es trotzdem noch sein ganzes Leben lang zum Ziel von Attentatsversuchen machen, denn es wird einen rechtmäßigen Anspruch auf den Thron haben, und die Götter bewahren uns davor, dass so etwas jemals passiert. Und ich weiß nicht, wie ich es Tiago sagen soll. Ich habe mich in dieser Nacht nicht anständig verhalten, und es ist leicht, jemandem, den man liebt, etwas zu erzählen, auf das man stolz ist. Sehr viel schwerer ist es, ihm etwas zu erzählen, für das man sich schämt."

Aryal regte sich. „Das ist schon in Ordnung, du musst es ihm nicht sagen. Das habe ich bereits getan."

Niniane ließ den Kopf hochschnellen. „Du hast *was*?"

Die Harpyie wirkte nicht reumütig. „Ich bin raufgegangen, habe mir Evas Telefon geliehen und Tiago angerufen. Er wird in der nächsten halben Stunde hier eintreffen. Er ist wirklich sauer, aber er könnte sich vielleicht ein wenig beruhigen, bis er hier angekommen ist."

„Ich kann im Augenblick nicht mal in deine Richtung gucken!", rief Niniane.

„Ach, komm schon, ich habe dir einen Gefallen getan. Du hast doch gerade noch gesagt, dass du nicht weißt, wie du es ihm erzählen sollst. Problem gelöst. Gern geschehen. Du hättest ihn von Anfang an einweihen sollen."

„Das geht dich doch gar nichts an!"

Aryal riss die Augen weit auf. „Ich stehe genau hier, oder? Du hast dafür gesorgt, dass es mich etwas angeht, als du mich gefragt hast, ob ich dich zwei Stunden lang nach Norden fliege."

Niniane brüllte: „Das ist nicht dasselbe, du dummes Huhn!"

Während die beiden einen leidenschaftlichen Streit vom Zaun brachen, kniff sich Pia in den Nasenrücken und schloss die Augen. Telepathisch sagte sie zu Dragos: *Macht Aryal eigentlich jemals das, was sie tun soll?*

Im Augenblick fällt es mir schwer, mir etwas einfallen zu lassen.

Bitte erinnere mich daran, dass ich ihr niemals etwas im Vertrauen sage.

Aryal hat ihre Stärken. Sie ist unnachgiebig, wenn sie ermittelt, und es gibt niemanden, der treuer, brutaler, oder kreativer in einem Kampf ist, aber bei zwischenmenschlichen Angelegenheiten ist sie eine Katastrophe. Wenn du dafür eine Erinnerung gebraucht hast, dann ist dein Problem sehr viel größer, als dass wir beide es reparieren könnten. Er zog Aryals Handy aus der Tasche, zerdrückte es in einer Faust und legte die verbogenen Teile auf den Tisch.

Aryal klappte vor Empörung der Mund auf. Sie rief: „Oh, danke aber auch, Dragos."

Dragos schaute Pia in die Augen. *Warum sind wir noch wach?*

Sie biss sich auf die Lippen, denn Lächeln wäre jetzt genau das Falsche gewesen. Sie nahm Ninianes Hand zwischen ihre beiden und sagte: „Aryal hätte das nicht tun sollen, und wenn Tiago herkommt, werden du und er eine Menge zu besprechen haben. Ich will, dass du weißt, dass ich zu dir stehe, ganz gleich, wofür du dich entscheidest. Du hast jahrelang unter unfassbarem Stress gestanden. Und wenn du und Tiago entscheidet, dass ihr nach Rhyacia kommen wollt …" Sie warf einen Blick zu Dragos, der ihr ganz leicht zunickte. „Werden wir euch mit offenen Armen willkommen heißen. Ihr werdet dort in Sicherheit sein, und ihr werdet Zeit haben, zu entscheiden, was immer ihr tun müsst, und wir stärken euch den Rücken, ganz gleich, was es ist. Solange wir aufpassen, wird keinem Baby etwas angetan."

„V…versprecht ihr das?" Niniane schaute von Pia zu Dragos.

Er schüttelte den Kopf. „Keinem."

Ninianes Gesicht verzog sich, und heftige Schluchzer ließen ihre schmale Gestalt beben. Pia nahm sie in die Arme, während Aryal mit nach unten gezogenen Mundwinkeln zusah, als würde auch sie gleich weinen.

Telepathisch sagte Pia zu Dragos: *Und wir nehmen auch Skeeter mit.*

Er verdrehte die Augen. *Natürlich tun wir das.*

Der Sturm draußen wurde schlimmer. Blitze schlugen mehrere Male dicht hintereinander ein. Ironischerweise trat ein Ausdruck der Erleichterung auf Ninianes erschöpftes Gesicht. „Er ist fast da", sagte sie. „Wow, er ist wirklich wütend."

„Das ist unser Schlüsselwort", sagte Dragos zu Pia. Sie erhob sich zum selben Zeitpunkt wie er. Zu Aryal sagte er: „Du – raus."

Sie schaute ihn ungläubig an. „Was? Warum ich?"

Durch zusammengebissene Zähne sagte er: „Lass. Ihnen. Etwas. Privatsphäre. Du Schwachkopf."

„Gut, ich gehe nach Hause", fuhr sie ihn an. „Danke für alles, was du getan hast, Aryal – hat niemand gesagt."

„O mein Gott", rief Niniane. „Nimm den Hinterausgang, ehe du noch mehr Schaden anrichtet."

Dragos schnippte mit dem Finger in Richtung des Hundes. „Raus. Erledige dein Geschäft."

Skeeter sprang auf, um zu gehorchen. Während Aryal mit ihnen nach draußen ging, fragte sie: „Bist du sicher, dass es nicht dein Hund ist?"

„Er ist ein verschmähter Snack", sagte Dragos.

„Aber du kannst gut mit ihm umgehen. Vielleicht *sollte* er dein Hund sein."

Dragos fuhr sie an: „Die einzigen Haustiere, die ich je gehalten habe, waren Wächter, und ihr wart alle absolute Nervensägen."

Pia konnte nicht lachen. Sie konnte es nicht, nicht im Angesicht von Ninianes gequältem Warten auf das Treffen. Sanft fragte sie: „Brauchst du jemanden, der bei dir sitzt, bis Tiago herkommt?"

„Nein", sagte Niniane, auch wenn sie aussah, als hätte sie gern etwas anderes gesagt. „Es ist schon in Ordnung. Ich habe diesen Schlamassel verursacht. Ich muss ihn reparieren. Tiago und ich werden die Dinge schon hinbekommen."

Mit einem Kuss auf ihre Wange sagte Pia: „Unser Gästezimmer am Ende des Ganges gehört dir, wenn du es willst. Wenn du gehst, geh bitte nicht, ohne dich zu verabschieden, ok? Lass uns auf die eine oder andere Art wissen, wie es sich entwickelt.“

„Werde ich. Danke für alles.“ Niniane umarmte sie fest.

Pia wartete nicht auf Dragos. Sie wollte aus dem Weg sein, wenn Tiago eintraf, darum machte sie sich auf ins Bett. Eva saß oben auf der Treppe, die Ellbogen auf die Knie gestützt, während sie immer wieder ihr Telefon in den Händen drehte. Sie war eine schöne Frau, mit brauner Haut, auffälligen, sinnlichen Zügen und dem muskulösen Körper einer Kämpferin. Nialls Babyphone lag neben ihr auf dem Boden.

Babyphone. Das war noch etwas, das sie sich in Rhyacia anders überlegen mussten.

Als Pia das Babyphone nahm und sich neben sie setzte, warf Eva ihr einen entschuldigenden Blick zu. „Ich hatte keine Ahnung, dass die Harpyie Böses im Sinn hatte, als sie sich mein Telefon ausgeliehen hat.“

„Natürlich hattest du das nicht.“ Pia beobachtete, wie Eva das Telefon zwischen ihren langen Fingern drehte. Die Aktion aktivierte ihren Sperrbildschirm, und Pia erhaschte einen Blick auf eine vertraute, junge Elfe, deren Haare mit blauen Spitzen versehen waren, und deren Gesicht ein schelmisches Lächeln zierte. Sie erkannte die Frau sofort. Es war Linwe, eine von Beluviels ergebensten Elfendienerinnen.

Eine Glühbirne leuchtete auf. Oh. Ooooohhh. Vielleicht hatte sich Eva in Linwe verguckt.

Mit nebensächlichem Tonfall fragte sie: „Erinnerst du dich noch, wie wir runter nach Charleston in die Elfen-Domäne gereist sind? Ich war schwanger mit Liam und musste alle fünf Minuten aufs Klo.“

„Wie sollte ich das vergessen können?“ Eva kratzte sich

am Kinn und lächelte. „Ich hatte damals einen echten Hass auf dich."

„Du hast ihn überwunden." Sie lehnte sich voller Zuneigung an Evas Arm. „Das war, als wir Linwe zum ersten Mal begegnet sind, oder nicht? Gehörte sie nicht zu der Eskorte, die uns in Beluviels Wald brachte?"

Eva hörte auf, ihr Telefon zu drehen, deckte den Bildschirm mit einer Hand ab und schaute Pia von der Seite an. „Mag schon sein."

Zu diesem Zeitpunkt hatte Eva die Sicherheitskräfte geleitet, die den Auftrag gehabt hatten, Pia bei ihrer ersten diplomatischen Reise in eine andere Domäne zu schützen. Noch etwas nebensächlicher sagte sie: „Du weißt, dass Linwe mit Bel nach Rhyacia gegangen ist, oder?"

„Ja. Und?"

Pia zuckte mit den Schultern. „Vielleicht solltest du sie fragen, ob sie mit dir ausgeht, wenn wir da sind."

Die Haut an Evas Wangen wurde dunkler, während sie verhalten lachte. „Sie fragen, ob sie mit mir ausgeht, um was zu tun, ins Kino gehen? Rhyacia ist im Augenblick nicht wirklich der Ort für ein Date."

Pia war sich sicher, dass sie einen Nerv getroffen hatte. Sie drängte weiter: „Es gibt eine Menge Dinge, die ihr tun könntet. Du könntest sie fragen, ob sie mit dir wandern geht, oder auf die Jagd ..." Nicht, dass Pia sich jemals etwas so Schreckliches wie das Jagen und Töten eines anderen Wesens als ein Date hätte vorstellen können, aber hier ging es nicht um sie. „Der See, an dem wir die Stadt bauen, ist riesig. Dragos hat mich einmal darüber geflogen. Es gibt etliche schöne Strände. Du könntest sie fragen, ob sie mit dir zu einem Picknick und zum Schwimmen geht."

Halb hätte sie erwartet, dass Eva grinste und mit *sabber*

sabber oder dergleichen antwortete, wenn es um eine heiße Frau im Bikini ging. Stattdessen schaute Eva finster auf ihre Hände hinab. „Ich bin mir nicht sicher, ob das eine gute Idee ist, sich mit jemandem einzulassen, dessen Loyalität ganz woanders liegt.“

Oooohhh. Vielleicht war da ja doch mehr als einfach nur verguckt.

„Ach, komm schon“, sagte Pia nach einem Augenblick. „Schau dir Niniane und Tiago an. Rune und Carling. Graydon und Beluviel. Teufel auch, schau dir mich und Dragos an. Leute aus verschiedenen Völkern, verschiedenen Wyr-Arten und verschiedene Domänen arbeiten ständig daran, dass ihre Beziehungen funktionieren. Außerdem würdest du sie doch nur zu einem Date bitten. Es wäre noch genug Zeit, alles andere auszuknobeln, falls die Dinge ernster werden.“

Und es wäre nicht schlecht für Eva, darüber nachzudenken, mit jemandem wie Linwe zusammenzukommen, die bereits bewiesen hatte, dass sie zu tiefer Loyalität und Bindung fähig war. Wenn Wyr sich paarten, taten sie das fürs ganze Leben, und das konnte ein gefährlicher Gedanke sein, besonders wenn ein Wyr sich mit jemandem aus einem anderen Volk paarte. Jetzt war kein geeigneter Zeitpunkt, um das aufzubringen, aber Pia machte diese Beobachtung, und sie hieß sie gut.

„Es spielt vielleicht sowieso keine Rolle“, sagte Eva. „Ich habe sie doch noch gar nicht gefragt.“

„Nein, hast du nicht, aber das solltest du. Denn wenn du sie nicht fragst, weißt du, dass die Antwort Nein lautet. Wenn du fragst, könnte die Antwort vielleicht Ja sein.“ Dragos erschien unten an der Treppe, Skeeter dichtauf, und Pia erhob sich. „Das ist mein Stichwort.

Danke, dass du auf Niall aufgepasst hast."

„Kein Problem." Eva erhob sich ebenfalls und küsste sie auf die Wange. „Wir sehen uns morgen Vormittag."

Dragos nickte Eva zu, während er auf der Treppe an ihr vorbeiging. Als er Pia erreichte, sagte er gleichmütig: „Wir haben keine Hundehütte."

„Ach, um Gottes Willen", explodierte sie. „Schlag dir diesen Gedanken aus dem Kopf. Skeeter ist ein Haustier. Wir stecken ihn nicht in eine Hundehütte."

„Diese ganze Situation ist völlig falsch." Er ließ ihr dasselbe finstere Stirnrunzeln zukommen, das einst die meisten Einwohner des Cuelebre Tower in Furcht und Schrecken versetzt hatte. Teufel aber auch, einst hatte es sie in Furcht und Schrecken versetzt.

Während sie redeten, setzte Skeeter sich hin. Der hingerissene Ausdruck in den Augen des Hundes, während er Dragos beobachtete, ließ ein seltsames Gefühl wie einen Schmetterling in ihrer Brust herumflattern. „Das ist schon in Ordnung, Liebling", gurrte sie, während sie Dragos' Arm tätschelte. „Du wirst dich daran gewöhnen. Heute Nacht schläft er bei uns."

„O nein." Völlige Ablehnung blitzte auf seinem Gesicht auf. „Nein."

„Auf dem Boden", fügte sie rasch an.

„Warum bestehst du darauf, mich so zu quälen?", wollte er wissen.

„Jeden Augenblick wird Tiago durch die Eingangstür poltern", rief sie ihm in Erinnerung. „Und wir können Skeeter nicht einfach in ein anderes Zimmer sperren. Komm schon, es geht schon gut."

Sie nahm ihn an der Hand, führte ihn in ihr Schlafzimmer. Er umschloss ihre Finger mit seinen. „Wenn man bedenkt, dass ich vor ein paar Stunden ein glücklich verheirateter Mann war."

„Autsch!", sagte sie lachend.

„Ich war noch nicht fertig." Er drückte ihr die Hand. „Ich war gerade in den Ruhestand gegangen. Das Leben war so einfach."

Sie zog sich zurück, warf das Babyphone aufs Bett und nahm die Decke hoch, die sie am Fußende ihres Bettes zusammengeschoben hatten. Während sie sie faltete, erklärte sie ihm: „Das Leben ist immer noch einfach. Du bist immer noch glücklich, und deine Frau ist sowohl heiß als auch weise."

„Das ist sie. So viel gestehe ich dir zu", sagte er, und seine Augen schimmerten.

„Es geht doch jetzt einfach nur um einen Hund auf deinem Fußboden, also hör auf, dich wie ein Baby zu benehmen, und gehen wir ins Bett." Sie legte die gefaltete Decke auf den Boden und trat zurück, um ihr Werk zu begutachten. Es war vermutlich gut, dass die Decke nach ihm roch.

Dragos schnippte mit den Fingern in Richtung Skeeter. „Ab ins Bett." Skeeter rollte sich auf der Decke zusammen und warf Dragos einen seelenvollen Blick zu. Dragos seufzte und spannte das Kinn an. Dann sagte er: „Guter Hund."

Der Hund seufzte ebenfalls und schloss die Augen.

Mit tiefer Aufrichtigkeit sagte Pia zu Dragos: „Ich habe dich noch nie so sehr geliebt, wie ich dich jetzt in diesem Augenblick liebe."

„Frau, du bist mir ein völliges Rätsel", erklärte er ihr, noch während er sie in seine Arme zog.

„Ich weiß", sagte sie sanft, während sie ihm eine Hand an die Wange legte.

Er warf einen Blick auf die Uhr, dann hinaus auf die Terrassentüren, wo das erste Dämmerlicht bereits am Horizont erschien. „Vielleicht haben wir noch Zeit für eine Runde, bevor Niall wieder gestillt werden muss. Was meinst du?"

„Das klingt hervorragend für mich." Als er den Kopf senkte, fing Niall an zu weinen. Skeeter sprang auf und begann zu bellen.

„Was zum Teufel ist los?", rief Dragos. Pia hatte noch nie gesehen, dass er so empört aussah.

Pia beugte sich vor und lachte so sehr, dass ihr die Tränen kamen. Sie würgte hervor: „Es ist nicht seine Schuld. Er wusste nicht, dass es ein Baby gibt."

„*Aus*", befahl Dragos. Skeeter brach mitten im Bellen ab, sah aber extrem alarmiert aus. Dragos schaute zu Pia. „Ich bekomme heute Nacht keinen Sex, oder?"

Sie lachte noch mehr. „Wenn es so weitergeht, bin ich mir nicht einmal sicher, dass wir überhaupt zum Schlafen kommen."

Als sie sich zum Kinderzimmer umdrehte, fing Dragos sie am Handgelenk ab. „Mach es dir gemütlich. Ich hole ihn."

„Danke dir." Während sie sich auszog, sah ihm nach, wie er aus dem Zimmer ging. Skeeter sprang auf, um ihm zu folgen.

Ein paar Augenblicke später hörte sie Dragos aus dem Babyphone murmeln. „Hör auf, so einen Aufstand zu machen, Stinker. Du bekommst ja gleich deinen Eutersaft."

Eutersaft? Sie schlug sich beide Hände vor den Mund und kämpfte darum, still zu bleiben, damit sie hörte, was als nächstes geschah.

Raschelnde Geräusche. Er wechselte dem Baby die

Windeln.

Aufgeregtes Gebell.

Dumpfe Schläge, Flüche, weiteres Gebell. Das Scharren von Hufen und Klauen. Das grelle Geräusch, mit dem etwas in die Brüche ging. Ups, das war wohl die Lampe neben Nialls Wickeltisch gewesen.

Dann: „Ach, verflucht noch mal, Niall – es ist nur ein Hund. Hör auf damit. Nein, du kannst ihn nicht erdolchen! Verwandle dich zurück, gottverdammt!"

Sie verlor ihren Kampf um Selbstbeherrschung und brach in Gelächter aus.

Kapitel 4

S TINKER WAR GENAUSO schnell wie sein Vater. Er hatte zwei große Vorteile. Er wog nur sechs Kilo, weshalb er auf der Stelle kehrtmachen konnte, und seine Strategie war reines Chaos. Er konnte nur nicht vorausahnen, wie raffiniert sein Vater war. Nach ein paar Minuten Gekabbel hatte Dragos den kleinen Scheißer fest unter den Arm geklemmt. Die vier Hufe des Babys ruderten durch die Luft, als würde es noch rennen.

„Beruhig dich", befahl er dem Hund, während er sich eine frische Windel schnappte. Gehorsam stellte Skeeter das Bellen ein und folgte ihm zurück ins Schlafzimmer. Dort traf Dragos wieder auf Pia, ihr Gesicht gerötet vom Lachen. Sobald Stinker seine Mutter sah, ruderte er schneller, als könne er dadurch eher zu ihr gelangen.

„Jetzt verwandle dich zurück, süßes Baby", sagte sie, während sie ihn entgegennahm. Sobald er in ihren Armen war, gab Niall seine Wyr-Gestalt auf und nahm sich begierig die Brust, die sie ihm anbot. Innerhalb weniger Augenblicke kehrte Frieden im Zimmer ein.

Dragos zog sich aus und streckte sich neben seiner Partnerin und seinem Kind auf dem Bett aus. Dies waren mit die Augenblicke, die er am meisten zu schätzen wusste, die Stille des Zimmers, die glühende Liebe, die von Pia ausstrahlte, das zarte Baby, das allmählich einschlief, während es an ihrer Brust trank.

Sie erfüllten ihn, diese Augenblicke, wie ihn noch nie zuvor etwas erfüllt hatte, nicht der Krieg und das Töten, noch nicht einmal der Sex und die Paarung. Frieden strömte in seine mürrische alte Seele.

Er streckte sich auf der Seite aus, ihnen zugewandt, eine Hand lag auf Pias flachem Bauch. Als nach ein paar Minuten Skeeter verstohlen auf das Fußende des Bettes kroch und den Kopf auf Dragos' Fußknöchel legte, beschloss er, es durchgehen zu lassen.

Was spielte es letztlich schon für eine Rolle? Ein Hundeleben war nicht mehr als ein flüchtiger Augenblick, und Skeeter hatte bereits den Großteil davon hinter sich. In der kurzen Zeit, die er da war, sollte er ruhig jeden erdenklichen Komfort haben.

Dragos schlief nicht richtig, aber er ruhte und schlummerte, als die Sonne aufging. Er wusste um den Augenblick, in dem Tiago ins Haus gestürmt war, und ein Teil von ihm bemerkte das intensive Auf und Ab in der Unterhaltung von Tiago und Niniane. Schließlich kamen zwei Paar leise Schritte die Treppe herauf und begaben sich durch den Korridor in eines der Gästezimmer.

Neben ihm hatte Pia Niall fertig gestillt. Sie legte das Baby auf dem Rücken auf die Matratze zwischen sie, und ihre Atmung wurde tief und gleichmäßig. Dragos gestattete sich noch eine weitere Stunde des Ruhens. Dann schlüpfte er aus dem Bett, duschte und zog eine Jeans an.

Skeeter wartete und beobachtete ihn am Eingang des Badezimmers. Dragos schnippte die Finger in Richtung des Hundes und ging nach unten. Er fütterte Skeeter und ließ ihn raus, um sein Geschäft zu verrichten, machte Kaffee und schickte den Hausangestellten eine Textnachricht, dass sie ein großes Frühstücksbuffet bringen sollten, mit einer Vielzahl frischer Früchte, veganen Schoko-Muffins, Tofu-Rührei und einer großen Auswahl an Fleisch und Eiern. Pia brauchte die veganen Optionen, und Tiago war fast so groß wie Dragos, sein Appetit ebenso unersättlich.

Während er darauf wartete, dass die Hausangestellten das Frühstück brachten, trank er Kaffee und sah sich die Nachrichten auf dem Flachbildschirm an, der eine Ecke in der geräumigen Küche einnahm. Er hatte die Hintertür geöffnet, und frische Luft und Sonnenschein fluteten das Zimmer. Sie hatten die alte Decke auf dem Boden gelassen, und Skeeter schnappte sie sich mit den Zähnen und zerrte sie hinüber zu Dragos' Füßen, dann wühlte er sich in den ganzen Haufen, drehte sich dreimal um und ließ sich darauf nieder.

Tiago war der erste, der die Küche betrat. Ein mächtig gebauter Mann mit dunkelbrauner Haut, schwarzen Haaren und rauen, raubvogelartigen Zügen, die an seine Abstammung von den amerikanischen Ureinwohnern gemahnten. Normalerweise war seine Haltung unbeteiligt, doch seine Macht knisterte um ihn herum, angefüllt mit Donner und Blitz. Er hatte immer noch mit intensiven, aufgewühlten Gefühlen zu tun.

Den Göttern sei Dank, dass es keine der Frauen gewesen war, denn dann hätte Dragos über ihre Gefühle reden müssen. Und Pia war die einzige Frau, für deren Gefühle er sich ernsthaft interessierte.

Tiago nickte ihm zu, als er sich zum Kaffee begab. Während er sich eine Tasse einschenkte, fragte Dragos: „Also, kommt ihr nun mit uns?"

„Vorerst", erwiderte Tiago. „Ich habe Nachricht zu Aubrey in Adriyel geschickt, dass wir einen verlängerten

Urlaub machen. Aubrey wird sich um den Rest kümmern. Wir bekommen das Baby. Etwas anderes haben wir noch nicht entschieden.“

Dragos nickte. Nichts davon überraschte ihn.

Und das war es auch schon. Er und Tiago hatten gerade eine längere Unterhaltung geführt, für ihre Verhältnisse. Tiago nahm am Küchentisch Platz. Sie sahen sich die Nachrichten an und tranken Kaffee.

Nach etwa zehn Minuten sagte Tiago: „Aryal sagte, du hättest einen Hund.“

Dragos öffnete den Mund, um zu sagen, *nein, habe ich nicht*, aber ach, warum sich die Mühe machen? Er zuckte angeekelt mit den Schultern.

Bald trafen die Hausangestellten ein und bauten das Frühstücksbuffet im Esszimmer auf. Während sie arbeiteten, erschien Pia, gekleidet in Jeans und ein T-Shirt, und sie trug Niall in einem Tragetuch vor der Brust. Niall war immer noch in seiner Menschengestalt und schlief. Pias erschöpfter Gesichtsausdruck hellte sich auf, als sie die große Auslage mit Speisen betrachtete.

„Ich esse lieber, was du gekocht hast“, erklärte ihr Dragos. „Aber Aryal hat gestern Nacht den ganzen Schmortopf gefuttert.“

„Danke, dass du das organisiert hast.“ Sie küsste ihn, dann drehte sie sich um, um Tiago zu begrüßen.

Sie entschieden sich dafür, nicht auf Niniane zu warten, denn sie hatte sich, wie Tiago sagte, in der vorigen Nacht verausgabt. Während sie aßen, traf Eva ein und genehmigte sich einen Happen. Nun, da die Zeit gekommen war, fragte Dragos Pia: „Wann willst du aufbrechen?“

Sie schaute zu Tiago, der mit den Schultern zuckte. „Ihr solltet nicht auf uns warten. Ich möchte, dass die Fee schläft, bis sie von selbst aufwacht. Wir können euch immer noch folgen, sobald wir bereit sind."

Pia nickte. „Dann sollten wir, glaube ich, sofort aufbrechen. Uns hält hier sonst nichts mehr. Wir haben gepackt, wir sind bereit. Wir müssen nur herausfinden, wie wir den Hund transportieren wollen."

„Da gibt es nichts herauszufinden", erwiderte Dragos. „Er ist ausgeflippt, als er Stinker in seiner Wyr-Gestalt begegnet ist. Gott weiß, wie er mit dem Drachen fertig werden würde. Ich werde ihn einschlafen lassen."

Trocken merkte Tiago an: „Ich kann nicht glauben, dass du dir einen Hund angeschafft hast."

„Verfluchte Scheiße", murmelte Dragos tonlos. Pias Augen glitzerten.

Ab jetzt ging es einfach nur darum, ihr persönliches Gepäck hinauszubringen. Der Großteil ihrer Sachen war bereits vorausgeschickt worden. Sie hatten fünf Rucksäcke, einen für jeden von ihnen und einen für das Hundefutter, das sie aus Miss Creedys Haus mitgenommen hatten. Pia würde Niall in seinem Tragegestell auf der Brust tragen und sich den Rucksack aufsetzen. Eva würde den schlafenden Hund an die Brust gebunden tragen und sich ihren Rucksack aufsetzen. Nur für alle Fälle würden beide Frauen die Hände freihalten. Dragos würde den Rest tragen.

Sie gingen nach draußen. Dragos verwandelte sich in den Drachen, und sie richteten sich entsprechend ein. Die beiden Frauen ritten hoch oben auf seinem Rücken, wo Hals und Schultern zusammentrafen. Mit einem Gefühl der Leichtigkeit, wie er es sehr lange nicht mehr verspürt hatte, flog Dragos los.

Ihr erster Halt war die Wachstation, die am Eingang des Übergangs errichtet worden war. Dragos hatte keine Kosten gescheut, die Grenze zu Rhyacia aufzubauen, und er verwandelte sich zurück in seine Menschengestalt, damit er eine kurze Inspektion durchführen konnte. Eva passte auf das Baby und den Hund auf, während Pia ihn begleitete.

Dieser Posten war ihre erste Verteidigungslinie gegen jeden, der in Rhyacia versuchen könnte, einzufallen. Hier würden dauerhaft Truppen stationiert werden, dazu einige erfahrene Magieanwender. Es gab Baracken und ein Zollamt, außerdem ein hochmodernes Sicherheitssystem und eine ebensolche Bewaffnung. Auf einer hohen Mauer war Stacheldraht, und sie konnten Flugabwehrraketen einsetzen.

Eva war eine erfahrene Soldatin und nahm das alles hin, ohne mit der Wimper zu zucken, doch Pia hatte den Übergang noch nicht gesehen, seit der Wachposten aufgebaut worden war. Sie starrte alles schweigend an, ihr Gesicht bleich.

Er wartete.

Einen Augenblick später sagte sie: „Ich schätze, an den anderen beiden Übergängen gibt es vergleichbare Wachposten?"

„Richtig." Seine Stimme war hart. „Niemand gelangt in mein Land, ohne dass ich es erlaube."

Er würde all das und mehr tun, um Pia in Sicherheit zu wissen, aber es ging nicht mehr nur um sie. Niall hatte dieselbe Wyr-Gestalt wie sie, und es gab Wesen auf dieser Welt, die alles tun würden, jeden Geldbetrag zahlen, die in den Krieg ziehen und Nationen in den Ruin treiben würden, nur um einen der beiden in die Finger zu bekommen.

Sie starrte in die Ferne, den Kopf abgewandt. Er wartete noch ein paar Augenblicke.

Mit einem Flüstern fragte sie: „Bedauerst du eigentlich

manchmal … irgendwas davon?"

Zorn überstrahlte alles in seinen Gedanken wie ein Blitzgewitter. Wie konnte sie ihn das fragen? Weil er so wütend war, bewegte er sich sorgsam, als er sie an den Schultern fasste und sie zu sich umdrehte. Die Traurigkeit auf ihrem Gesicht hielt ihn davon ab, zu schreien, und ihm fiel wieder ein, dass sie, obwohl sie im Kampf mehr als nur kompetent war, anders als er tief in ihrem Inneren eine Kreatur des Friedens war.

„Nicht ein einziges Mal", flüsterte er durch zusammengebissene Zähne. „Niemals, an keinem Tag für den Rest meines sehr langen Lebens, könnte ich irgendetwas davon bedauern. Tatsächlich, wenn es mir möglich wäre, würde ich es alles noch einmal so wählen. Wenn ich könnte, wäre es mir eine große Freude, jeden zu jagen und zu töten, der auch nur ansatzweise daran denken könnte, dir und unserem Sohn Schaden zuzufügen." Ihre Miene hellte sich auf, und als das geschah, stellte auch er fest, dass sein Zorn nachließ. Er fügte hinzu: „Und wir werden heute Nacht Sex haben, gottverdammt."

Der letzte Rest ihrer merkwürdigen Traurigkeit löste sich auf, während sie lachte.

Und da war er, dieser Augenblick, das Glück, das in ihrem aquamarinblauen Blick tanzte, und die Luft um sie herum war von ihrer Macht getränkt – dieser Augenblick war das, wofür der Drache alles tun und jeden umbringen würde.

Dieser Moment war das, wofür er lebte.

Dieser Moment, und dann der danach, und der danach, alle zusammenhängend in seinen Gedanken wie schimmernde Perlen an einer Schnur. Jeder war neu für ihn, ein beständiges Geschenk erfreulicher, überraschender

Augenblicke, und so reich er auch war, und so viele Juwelen er auch angeschafft hatte, diese Augenblicke waren die ganze Summe seines Drachenschatzes.

ES GAB EINEN weiteren Wachposten auf der Übergangsseite von Rhyacia, und auch diesen wollte Dragos inspizieren.

Als Pia ihn dieses Mal begleitete, hatte sie Fragen. „Warum ist dieser Posten anders angelegt als der andere?"

Anstelle einer Antwort stellte er eine Gegenfrage. „Welche potenziellen Fähigkeiten könnten Feinde haben, die den erdseitigen Posten angreifen?"

„Das ist einfach. Sie sind auf der Erde, darum können sie sowohl mit Technik als auch mit Magie angreifen." Sie verzog das Gesicht. „Und obwohl sie aus mehreren verschiedenen Richtungen auf den Übergang zukommen können, haben sie nur einen schmalen Zugang, denn wenn man einen Übergang nicht genau richtig trifft, gelangt man nicht wirklich hinein."

„Richtig. Und was ist mit hier?"

„Das ist das genaue Gegenteil. Sie können nur aus dem Ausgang des Durchgangs kommen, und das ist ein enger, abgesteckter Bereich."

„Ebenfalls richtig", sagte er. „Und wenn du weißt, dass nur ein paar wenige Leute zur gleichen Zeit diesen begrenzten Raum durchqueren können, wen würdest du vorschicken?"

Sie kniff die Augen zusammen. „Ich würde die fiesesten Magieanwender vorschicken, die ich auftreiben könnte. Denn an diesem Ende wird Technik nicht funktionieren. Darum sind Schusswaffen hier nutzlos. Und sie müssen beweglich sein, darum können sie kein schweres Kriegsgerät wie Katapulte nutzen. Sie müssen sich so schnell wie möglich bewegen, mit möglichst vielen Gelegenheiten zum Feuern." Sie warf ihm einen Seitenblick zu. „Brandpfeile?"

„Auf jeden Fall Brandpfeile. Und Morgenstern-Zauber, und Panik-Zauber, und ein paar von diesen Widerlingen werden versuchen, sich zu verhüllen, um unentdeckt zu bleiben. Darum stocken wir auf dieser Seite des Übergangs die Magieanwender auf, und wir setzen die Neuankömmlinge fest. Wenn sie eintreten – nicht, dass sie jemals so weit kommen würden –, müssen sie schnell das Gelände überblicken, aber wir werden ihnen keinerlei Hinweis darauf liefern. Meine Magieanwender kann man auf mehreren Ebenen hinter diesen hohen Betonmauern stationieren. Sie sind geschützt, während sie Zauber wirken und durch Schlitze hier und dort Pfeile verschießen können." Er deutete in Richtung der Schlitze.

„Du hast eine Killbox gebaut", sagte sie, während sie die riesige, oval gekrümmte Mauer anstarrte, die das Gelände des Übergangs umgab. Es gab nur eine metallverstärkte Tür. Die einzigen beiden Wege aus der Killbox führten zurück durch den Übergang zur Erde, oder wenn man seine Flügel ausbreitete und flog.

Er hielt inne. „Zunächst einmal bin ich ziemlich beeindruckt, dass du den Begriff Killbox überhaupt kennst."

„Ich habe früher ferngesehen, weißt du?", gab sie zu. „Ich liebe Jack Ryan."

Er lachte. „Das weiß ich doch. Ja, das ist eine Killbox. Die Wahrscheinlichkeit, dass sie je gebraucht wird, liegt vermutlich bei eins zu einer Million, aber wenn es dazu kommt, sind wir vorbereitet."

„Erinnere mich daran, dass ich mich nie mit dir anlege."

Er gab ihr einen raschen Kuss. „So sehr könntest du dich niemals mit mir anlegen. Willst du den Rest des

Wachpostens sehen?“

„O nein. Ich habe inzwischen genug davon, mir Mordplätze anzuschauen. Ich bin bereit zum Aufbruch, wann immer du fertig bist. Denk nur daran, dass das Baby seit ein paar Stunden schläft, und irgendwann wird es aufwachen.“

„Ich habe ein paar Fragen an die Kommandantin des Postens, aber ich werde es schnell machen.“ Ihr Gesichtsausdruck ließ ihn stutzen. „Was ist los?“

„Weißt du, jeder, der einen Angriff gegen uns durchführen will, wird vermutlich wissen, was für schlechte Chancen die Ausgangslage bietet.“ Ihr Blick war sowohl klar als auch nüchtern.

Er verzog das Gesicht. „Was willst du damit sagen?“

„Wenn ich derjenige wäre, würde ich keinen offenen Angriff starten, der nur teuer und vermutlich zum Scheitern verurteilt wäre.“ Ihr Lächeln wurde schief. „Ich würde jemanden im Geheimen schicken, jemanden, der durch diese Posten und durch den Zoll käme, weil er unschuldig und normal wirkt, und er würde einen oberflächlich legitimen Grund haben. Vielleicht jemanden, den alle als Freund sehen.“

Ein Schauer lief seinen Nacken hinab. „Du meinst einen Attentäter.“

Sie musterte seinen Blick. „Liege ich falsch?“

Er schüttelte den Kopf. „Das würde ich auch so machen, also nein, du liegst nicht falsch. Ich bin nur traurig – und abermals beeindruckt –, dass dir das klar geworden ist.“

„Es ist auch mein Kind“, flüsterte sie.

Er legte ihr eine Hand auf die Schulter. „Wir werden uns insgesamt in einer geschützten Umgebung aufhalten, aber das bedeutet nicht, dass wir in unserer Wachsamkeit nachlassen. Es gibt doppelte Wachposten, und sie sind mit den klügsten, fähigsten Leuten besetzt, die ich auftreiben konnte. Wir werden auch weiterhin Wachen in der Stadt haben, in der wir leben, und dazu noch Leibwächter. Und sobald Niall groß genug ist, werden wir dem Jungen beibringen, wie man Dinge richtig erdolcht."

Eine grimmige Heiterkeit trat in ihren scharfen Blick. „Das wird ihm gefallen."

„Ja, das glaube ich auch." Er drückte ihr die Schulter. „Gib mir noch zwei Minuten, und dann sind wir unterwegs in unser neues Zuhause."

„Ok."

Er fand Malan Wei, die Kommandantin des Wachpostens, recht schnell. Sie war eine zähe, erfahrene Soldatin, deren vorbildlicher Dienst in der Wyr-Domäne jahrelang zurückreichte. Ihre Wyr-Gestalt war eine der fiesesten, der Dragos je begegnet war, eine riesige spinnenartige Kreatur namens Jorogumo. Ihr Biss war giftig, und sie bewegte sich blitzschnell.

Für einen Wyr von Dragos' Kraft und Größe war ihr Gift wie ein Mücken- oder Bienenstich, aber bei Greifen konnte es vorübergehende Lähmungen auslösen. Für jede noch kleinere Kreatur konnte das sogar den Tod bedeuten. Malan hätte mühelos ein Anwärter für einen Posten als Wächter sein können, nur dass sie nicht allzu viel mit der zivilen Bevölkerung zu tun haben wollte. Die Stellung als Wachkommandantin passte perfekt zu ihr.

Malan begrüßte ihn fröhlich und überreichte ihm den Haushaltsbericht, den er angefordert hatte. Sie gab ihm auch einen Packen Briefe vom Baugelände, die sich angesammelt hatten, seit das letzte Päckchen an ihr Haus in New York geliefert worden war. Er blätterte durch die Briefe. Nichts wirkte dringend, deshalb brach er nach wenigen Minuten der Unterhaltung mit Malan auf.

Als er sich wieder zu Eva und Pia gesellte, sah er, dass sie Glück hatten — das Baby war noch nicht aufgewacht. Nachdem er sich wieder in seine Drachen-Gestalt zurückverwandelt hatte, stiegen die Frauen auf, und sie brachen zum letzten Teil ihrer Reise auf.

Die Luftqualität war makellos. In Rhyacia war es später Vormittag, und die Sonne musste noch den Rest der morgendlichen Kühle vertreiben. Der Drache atmete tief ein, spürte, wie sein Körper sich weitete, während der Schlag seiner riesigen Flügel den Rhythmus seines Herzens wiedergab. Es gab keine Stromleitungen, keine Flugzeuge, keine Städte, keine hektischen Fahrzeuge, die geteerte Straßen entlang dröhnten.

Es gab nur das Land, das unter dem weiten, perfekten Himmel vorbeizog. Sie waren zwar nicht in Sichtweite, doch die Berge im Norden blieben das ganze Jahr über schneebedeckt. Er flog an der Küste des riesigen Sees Richtung Süden, wo Palmen und leuchtend bunt gefärbte Paradiesvögel gediehen, und die Bromelie, die manche Menschen Louisiana-Moos nannten, an alten Eichen und Zypressen herabhing.

Eine ausgedehnte Siedlung aus Zelten, Wellblechhütten und anderen Fertiggebäuden schmiegte sich an das Ufer, durchkreuzt von Trampelpfaden. Die Siedlung befand sich neben der Baustelle für die neue Stadt, die am Fuß einer riesigen Granitklippe lag, auf der oben sein und Pias neues Haus stehen würde. Dragos hatte das Penthouse im Cuelebre Tower vermisst. Er wünschte sich Höhe und die Möglichkeit, meilenweit über blaues Wasser und Land hinauszuschauen.

Während sie sich ihrer neuen Heimat näherten, stießen die Frauen aufgeregte Rufe aus. Pia bat ihn darum, tiefer zu fliegen, und er tat ihr den Gefallen. Auf dem Boden konnte er winzige Gestalten ausmachen, die zu ihm herauf deuteten. Weitere liefen aus Zelten und Gebäuden, und ihre Stimmen erhoben sich gemeinsam zu einem jubelnden Willkommens-gruß.

Nach langen Wochen der Vorfreude waren der Lord der Wyr und seine Partnerin zu Hause angekommen.

Kapitel 5

ALS NIALL AUFWACHTE, wusste er zunächst nicht, wo er war, oder es war ihm egal. Er wollte einfach nur rennen und rennen und rennen und rennen und rennen, in völliger Missachtung der Örtlichkeiten, des gesunden Menschenverstandes oder überhaupt jeglicher Vernunft.

Pia schaffte es, ihn festzuhalten, bis sie ihn auf dem Weg von ihrem Übergangshaus zu dem privaten Strandabschnitt absetzen konnte, den Dragos zu ihrem persönlichen Gebrauch abgesperrt hatte. Sobald sie das Baby auf den Boden setzte, barst seine Wyr Gestalt aus ihm hervor.

Während er voller planloser Freude den Strand hinabgaloppierte, jagten Pia und Eva ihm eine gute Stunde lang nach, um sicherzugehen, dass er sich nicht verletzte, bis er endlich langsamer wurde und einverstanden war, sich wieder in ein Baby zurückzuverwandeln, um gestillt zu werden.

Pia hatte sich, als sie gehört hatte, dass sie in einem Übergangshaus leben würden, bis ihr richtiges Haus soweit fertig war, dass man darin wohnen konnte, etwas Primitives wie ein Armeezelt mit Eimertoiletten und Gemeinschaftsduschen außerhalb vorgestellt.

Sie hätte gar nicht falscher liegen können. Nachdem sie Niall am Strand gestillt hatte, kehrten Eva und sie zum Haus zurück. Dragos und Skeeter waren verschwunden, zweifellos, damit Dragos mit den Dutzenden Baustellen-Vorarbeitern und Siedlungsverwaltern sprechen konnte, die sich versammelt hatten, um um seine Aufmerksamkeit zu buhlen.

Es herrschte kein Mangel an zu erledigender Arbeit, und, wie ihr Eva berichtete, gab es derzeit fast zwanzigtausend Einwohner. Alles an der Stadt wuchs gleichzeitig. Vor Ort gab es Vertreter von normalen menschlichen Regierungen und allen Alten Völkern – Elfen, Vampyre (derzeit ruhend), andere Nachtwesen, Hexen, Dämonen und sowohl Helle als auch Dunkle Fae – aus Ländern und Domänen der ganzen Welt.

Etliche Botschaften wurden bereits aufgebaut, und obwohl jeder, der in Rhyacia war, sich einer eingehenden Sicherheitsinspektion unterzogen hatte, gab es eine Wyr-Polizei, die in der ganzen Siedlung lächelnd Präsenz zeigte. Die Bürger der Welt hielten Dragos weiterhin für eine ernstzunehmende Kraft erster Güte, ganz gleich, wie zurückgezogen er lebte.

Da Dragos weg war, blieb es an Pia, ihre vorübergehende Wohnsituation in aller Ruhe zu erkunden. Ihr Fertighaus war so platziert worden, dass es von anderen Gebäuden umgeben war, in denen Security und Hausangestellte lebten, aber der ganze Bereich war so angelegt, dass sie durch Pflanzen in ihrer Privatsphäre abgeschirmt wurden. Evas Hütte schmiegte sich in eine Ecke des Platzes.

Die ganze Anlage war mit einem hohen Schutzzaun umgeben und fühlte sich an wie ein kleines, eigenständiges Dorf. Ehe er aufgebrochen war, hatte Dragos ihr mitgeteilt, dass auf dem Gelände innerhalb der Tore sogar ein kleines Geschäft war, das frisches Gemüse, eine Auswahl an Käse, Wein und anderen Alkoholgetränken, Süßigkeiten,

Backwaren, warmen Pfannengerichte und andere Annehmlichkeiten verkaufte. Wenn sie etwas brauchte oder wollte, musste sie nur eine Anfrage schicken, und man würde es liefern.

Sobald sie im Inneren war, fand Pia heraus, dass ihr Haus ein weit über hundertfünfzig Quadratmeter großer Wohnraum mit drei Schlafzimmern, gewölbten Decken, riesigen Fenstern, zwei Kaminen – einem im Wohnzimmer und einem weiteren im größten Schlafzimmer –, zweieinhalb Bädern und einer Küche mit leise schließenden Schubladen und polierten Granitarbeitsplatten war.

Gemütliche, stilvolle Möbel schmückten das Wohnzimmer. Es gab handgewebte Teppiche. Etliche Bücherregale waren mit Pias Lieblingsgenres und einer sorgsam ausgewählten Zusammenstellung von Sachbüchern gefüllt, die weder sie noch Dragos schon gelesen hatten. Das Schlafzimmer neben ihrem war mit Nialls Sachen eingerichtet und möbliert, die sie vor zwei Wochen vorausgeschickt hatte. In Kommoden und dem Schrank im großen Schlafzimmer befanden sich ihre und Dragos' Kleider, alle gesäubert und ordentlich gebügelt und gefaltet.

Glas-Schiebetüren führten aus dem größten Schlafzimmer zu einer zurückgezogenen Dachterrasse, auf der weitere gemütliche Möbel standen. In der Küche gab es eine geräumige Speisekammer, in der Dosen, getrocknete und lang haltbare Nahrung aufbewahrt wurden. Es gab eine begehbare isolierte Eiskammer mit einer Auswahl aus frischem, rohem Fleisch, Eiern, Butter und sowohl veganen als auch fleischhaltigen Fertigprodukten. Große, frische Eisblöcke hielten die Kammer kühl.

Als sie die Wasserhähne in der Küche ausprobierte, entdeckte sie, dass es sowohl heißes als auch kaltes fließendes Wasser gab. In den Zimmern drehten sich träge Deckenventilatoren, die die warme Luft auf angenehme Weise umwälzten.

Niall war wieder eingeschlafen, und weil er immer noch ein kleines Baby war, hatte sie ihn den Großteil des Tages über herumgetragen. Sie legte ihn in ein Bettchen im Kinderzimmer und fühlte sich erleichtert.

Kann ich dich einen Augenblick stören?, fragte sie Dragos telepathisch.

Telepathische Fähigkeiten hatten eine Reichweite von ungefähr drei Metern. Dragos' Reichweite ging über fünfzig Kilometer. Sofort erwiderte er: *Natürlich.*

Dieses Haus ist eine ziemliche Überraschung, sagte sie ihm. *Und die Bücher! Du hast nie ein Wort über das alles verloren.*

Es ist etwas klein, aber ich wollte, dass es gemütlich ist. Manche Leute sind damit zufrieden, vorerst in Zelten zu hausen, aber keine Partnerin von mir, die erst vor zwei Monaten geboren hat, wird in einem Zelt wohnen. Und du hast schon genug damit zu tun, auf unseren Höllenspross aufzupassen.

Sie lachte schnaubend. Nur Dragos konnte ein annähernd zweihundert Quadratmeter großes Haus klein finden. *Ich liebe jeden Quadratzentimeter, aber ich bin neugierig … Das Eis wird von den Bergen herab gebracht, und Solar-Panels auf dem Wassertank erhitzen das Wasser, richtig?*

Richtig.

Also, was treibt die Deckenventilatoren an?

Es gibt vier kleine Windturbinen auf dem Dach. Wenn der Wind die Turbinen antreibt, bewegt das die Ventilatoren. Vom Wasser kommt meistens eine kühle Brise herauf, darum sollten sie sich stetig bewegen, aber wenn eine erhebliche Flaute aufkommt, werden sie langsamer und halten an. Wenn dir die Ventilatoren zu viel werden, kannst du sie immer langsamer machen oder abschalten, indem du die

Schalter neben den Türen benutzt.

Du bist so ein Technikgeek. Sie lächelte, während sie es sagte. Dann, weil sie nicht widerstehen konnte, fügte sie hinzu: *Dieser Ort ist außergewöhnlich, und der Weg führt direkt hinab zum Stand. Bist du sicher, dass wir nicht einfach hier wohnen sollten?*

Seine Reaktion kam sofort und war zufriedenstellend. *Ich würde wahnsinnig werden, wenn ich auf unabsehbare Zeit in diesem Haus leben müsste. Ich brauche mehr Platz. Ich werde ein Büro unten in der Stadt haben, aber ich brauche auch zu Hause eins. Und du brauchst auch deinen Raum. Und wir brauchen Platz, um Gäste zu empfangen, wann immer wir dafür bereit sind, und wir brauchen auch Gästezimmer. Und da wir keine Autos oder öffentlichen Verkehrsmittel haben, müssen wir bequeme Behausungen für unsere Hausangestellten und die Security vorhalten.*

Auf halbem Weg fing sie schon an zu lachen. *Ich necke dich doch nur. Ich halte diesen Ort zwar zufällig für großartig, und ich liebe ihn, aber ich weiß, dass es dir hier nicht für immer gutgehen würde.*

Ich bin froh, dass es dir gefällt. Ich wollte, dass du glücklich bist. Und es wird für ein oder sogar zwei Jahre gehen, wenn wir es so lange brauchen.

Sie unterhielten sich noch ein paar Minuten lang, aber er war inzwischen abgelenkt, was ein sicheres Zeichen dafür war, dass ihn jemand direkt vor Ort störte, darum verabschiedete sich Pia. Eva war gegangen, um sich in ihrem Häuschen einzurichten. Es gab nichts zu tun, und Pia musste nirgendwo hin. Sie hätte Jocasta oder Ramone rufen können, das Wyr-Pärchen, das sie als Hausangestellte angeheuert hatten, damit sie auf das Baby aufpassten, während sie schwimmen oder auf Erkundung ging.

Aber in der letzten Nacht hatte sie vielleicht gerade mal

eine Stunde geschlummert, und sie wollte ganz für sich den Luxus genießen, in ihrem neuen vorübergehenden Heim zu sein. Das war kein Urlaub, wie sie sich in Erinnerung rief. Sie hatte alle Zeit der Welt, um die Umgebung später zu erkunden. Sie schnappte sich ein Taschenbuch aus einem Bücherregal, ließ sich auf der großen, gemütlichen Couch nieder und begann zu lesen. Es war eine tolle Geschichte von ihrer Lieblingsautorin. Doch schon nach sechs Seiten schlief sie fest ein.

Ein leises Klopfen ließ sie von der Couch aufspringen. Sobald es ihr möglich war, musste sie ein Schild anfertigen, auf dem stand BABY SCHLÄFT. Sie legte ihr Buch auf der Sofasitzfläche ab, dann ging sie los zur Tür.

Graydons Partnerin Beluviel stand im Eingang, ein winziges Neugeborenes an die Brust gebunden, Linwe an ihrer Seite. Die wunderschöne Elfe sah glücklicher aus, als Pia sie je zuvor gesehen hatte. Pia jauchzte vor Freude, als sie den flaumigen Kopf des kleinen Mädchens sah. „Es ist so schön, dich zu sehen – und du hast Giselle dabei!" Sie umarmte die Frau. „Niall schläft. Wir haben einen Sitzbereich auf einer Terrasse. Möchtest du gern draußen sitzen? Und bitte sag mir, dass ich das kleine Mädchen halten darf."

„Natürlich darfst du das." Strahlend schob Bel das Baby in Pias Arme. „Ich bin so froh, dass ihr angekommen seid. Ich liebe Neuanfänge, aber die ganze Siedlung ist ein einziges Chaos, und überall gibt es Baustaub. Glaub mir, nachmittags willst du nicht rausgehen. Euer Haus ist wunderbar."

„Dragos hält es für zu klein." Pia verdrehte die Augen und lachte. Sie lächelte Linwe an. Die jüngere Elfenfrau trug Pfeil und Bogen auf dem Rücken und hatte sich die

Haarspitzen hellrosa gefärbt. Ganz nebenbei merkte sie an: „Linwe, du siehst toll aus. Eva wird sich so freuen, dich zu sehen."

Linwes Blick hellte sich auf. „Ist sie da?"

Ooooohhh. War es möglich, dass Evas Gefühle erwidert wurden?

Pia deutete auf Evas Hütte. „Das ist sie, und das da drüben ist gleich ihre Hütte. Warum lässt du sie nicht wissen, dass du und Bel auf Besuch gekommen seid?"

„Das mache ich gern." Linwe ging mit einem kecken Hüftschwung los.

Pia machte große Augen in Richtung Bel. Sie konnte nicht direkt etwas sagen, denn sie wollte nicht vorpreschen. Sie beließ es bei einer Andeutung. „Es wäre so toll für die beiden, würden sie sich öfter sehen."

Ein wissendes Lächeln trat tief in Bels alterslose grüne Augen. „Das sehe ich ganz genauso. Linwe arbeitet zu viel."

„Das macht Eva auch." Pia kuschelte sich an Giselle. Das Baby war sehr viel kleiner als Niall. Jedes winzige Detail war pure Perfektion. „Kannst du ein bisschen länger bleiben? Dann können sie runter zum Strand, wenn sie mögen."

„Ich denke, das klingt perfekt."

Als die anderen beiden Frauen ankamen, arbeiteten Bel und Pia zusammen, um sie wegzuschicken. Evas übliche Gelassenheit hatte sich verflüchtigt, und in ihren Augen stand ein Blick, als wäre sie ein Reh im Scheinwerferlicht. Linwe betrachtete Eva von der Seite, ein winziges Lächeln spielte um ihre Lippen. Als sie schließlich weg waren, musste Pia warten, bis sie sicher war, dass sie außer Hörweite waren.

Dann grinste sie Bel an. „Oh, ich habe ein gutes Gefühl damit."

Bel lachte. „Ich auch. Es wird interessant zu sehen, was sie miteinander anstellen."

„Ich will dir dein Baby nicht zurückgeben." Widerstrebend reichte Pia Giselle an ihre wartende Mutter zurück. „Wenn du schon mal auf die Terrasse gehen willst, werde ich uns etwas zu trinken holen."

„Das klingt gut."

Pia wühlte sich auf der Suche nach Gläsern durch die Schränke und schenkte ein wenig frischen kalten Tee ein, den sie in der Eiskammer fand. Als sie weitersuchte, förderte sie leichte Kokosplätzchen zutage. Da sie die einzige im Haus war, die Süßes mochte, wusste sie, dass die Kekse vegan sein würden, und sie richtete ein paar auf einem Teller an. Dann trug sie die Erfrischungen hinaus auf die Terrasse, um sich mit einem ihrer liebsten Menschen auf der ganzen Welt zu unterhalten.

Als sie Beluviel zum ersten Mal begegnet war, hatte sie sofort einen Gleichklang mit der Frau gespürt. Bel war die Herrin des Waldes in der Elfen-Domäne gleich außerhalb von Charleston gewesen, und sie war einer der wenigen Menschen, die Pias Wyr-Gestalt kannten. Seither hatte sich so viel verändert. Bels Ehemann war getötet worden, und sie und Graydon – noch einer von Pias Lieblingen – hatten sich verliebt und gepaart.

„Ich kann dir gar nicht sagen, wie schön es ist, hier zu sein und zu wissen, dass du auch hier bist", sagte Bel zu ihr.

„Das geht mir genauso", gab Pia zu, die ein verschwörerisches, fröhliches Lächeln mit der Frau wechselte. „Erzähl mir alles, was los war. Laut der Zeit in New York seid Graydon und du gestern aufgebrochen."

Da die Zeit in Anderländern nicht so verlief wie auf der Erde, erlebten die Bewohner jedes Anderlands auf die eine oder andere Weise einen Zeitverlust. In Rhyacia verging die Zeit schneller – manchmal viel schneller und manchmal etwas weniger schnell, wodurch es unmöglich wurde, den genauen Unterschied auszurechnen.

Bel erwiderte: „Wir sind seit drei Tagen da, und auf vielerlei Art liebe ich es wirklich. Es ist zu viel auf einmal los, wodurch die Dinge sich bisweilen chaotisch anfühlen. Aber es ist so viel Glück in beinahe jedem, den man trifft."

„Das ist gut", murmelte Pia, die die strahlende Anwesenheit der Elfenfrau genoss, und die Sprenkel aus Sonnenlicht, die durch die Bäume fielen. Die erste Generation der Alten Völker hatte immense Macht, und Beluviel leuchtete vor ihrem inneren Auge wie ein Stern.

„Es gibt auch bereits Fraktionen und Streit."

„Was? Die Leute sind doch erst seit etwa fünf Minuten da."

„Ich weiß. Die Dunklen Fae haben eine Fehde mit den Vampyren, und die Gruppe der Hellen Fae hat es geschafft, einige Bauarbeiter von einem Stadtgebäude abzuwerben, an dem sie gearbeitet haben. Die Vorarbeiterin des Gebäudes droht, die Arbeiter anzuzeigen, die ihr Projekt verlassen haben."

„Wie kann sie sie anzeigen, wenn Dragos die rechtlichen Rahmenbedingungen noch gar nicht fertig festgelegt hat?" Pia runzelte die Stirn. Im Augenblick war das, was Dragos sagte, das einzige Gesetz in Rhyacia – und als Erweiterung dieser Autorität auch das, was Graydon sagte.

„Na, ganz genau", erwiderte Bel. „Dabei wird nichts herauskommen, und das muss sie auch wissen. Ich glaube, sie will einfach nicht bestraft werden, weil sie ihre Ziel-vereinbarung nicht schafft. Oh – und die Dämonen haben eine Destille zu nah an einer Wohnsiedlung aufgebaut. Es gab mehrere Beschwerden wegen des Geruchs, und auch Raufereien von Betrunkenen, und … und lass einfach keinen von ihnen an dich ran. Wenn jemand versucht, sich mit einer Beschwerde an dich zu wenden, schick sie zu Graydon. Er hat gesagt, ich soll dir das unbedingt ausrichten."

Graydon hatte jahrhundertelange Erfahrung als einer von Dragos ursprünglichen Wächtern in New York, und er konnte bestens mit öffentlichen, persönlichen und strafrechtlichen Streitigkeiten umgehen. Dragos hatte ihn bereits gefragt, ob er es in Erwägung ziehen würde, der Gouverneur der Stadt zu werden, und Graydon hatte zwar noch nicht offiziell geantwortet, aber es wurde allgemein erwartet, dass er wohl zusagen würde.

„Verstanden", erwiderte Pia. „Es wird mir nicht schwerfallen, Beschwerden an Graydon weiterzuleiten." Sie hatte ausreichend Erfahrung mit Leuten, die über sie zu Dragos durchdringen wollten, und diese Taktik nervte sie maßlos.

„Und hör dir mal das an." Bel beugte sich vor, ihr Blick wurde durchdringend. „Eigentlich bin ich vor allem hergekommen, um dir von diesen Geschichten zu erzählen, die umgehen, dass Besitztümer an einer Stelle verloren gehen, nur um an anderer Stelle wieder aufzutauchen. Und es wirkt alles ganz zufällig. Es gibt hier einen großen Markt, mit allen möglichen Ständen – wir sollten da unbedingt mal hin –, und ein Verkäufer hat mir erzählt, als er eines Abends zu seinem Zelt zurückkehrte, stellte er fest, dass seine Matratze hoch oben auf einem Baum war. Niemand hat etwas gesehen. Werkzeuge kamen auf Baustellen abhanden und wurden später verstreut über den Strand gefunden. Manche Leute glauben, dass es einen Dieb gibt, und andere glauben, es ist jemand, der Streiche spielt, aber niemand sieht etwas, wenn es passiert. Niemand bringt heraus, wer es ist, oder wie es dazu kommt. Man sagt, es seien *die Unsichtbaren*.“

„Wie merkwürdig.“ Pia runzelte die Stirn. „Wenn es jemand wäre, der Streiche spielt, möchte man doch glauben, bei so vielen Wyr, die sich hier tummeln, könnte jemand die Fährte dieser Person aufnehmen.“

„Ich weiß. Und, Pia, uns ist es auch schon passiert. Ich passe immer gut auf die Dinge auf, die Gray mir schenkt. Er ist nicht sonderlich – sagen wir, er ist kein Mann, der sich sonderlich für materielle Dinge interessiert, wenn du verstehst, was ich meine. Wenn er mir also etwas schenkt, dann hat das eine große Bedeutung. Letzten Dezember hat er mir ein wunderschönes Geschenk zum Winterball gemacht, zwei Haarkämme aus Silber und Smaragd.“

„Ich erinnere mich an sie. Sie waren wirklich toll, und sie passen zu dir.“

Bel lächelte. „Ich trage sie andauernd, und ich passe sehr auf, wo ich sie hinlege. Vor zwei Abenden habe ich sie auf meinen Nachttisch gelegt. Am nächsten Morgen waren sie weg.“

„O nein!“

„Schon gut – ich habe sie wiedergefunden. Wir haben auch ein Fertighaus, ungefähr einen halben Kilometer entfernt am Waldrand. Die Kämme lagen auf der Schwelle unserer Eingangstür.“

Allmählich bekam Pia eine Gänsehaut. „Willst du sagen, dass jemand *in euer Haus* gekommen ist, während du und Gray geschlafen habt, und hat deine Kämme genommen?“

Bels Miene war nüchtern geworden. „Ich sage, dass ich sie eines Abends auf das Nachtkästchen gelegt habe. Wir haben fest geschlafen. Und am nächsten Morgen waren sie auf unserer Schwelle. Gray ist völlig durchgedreht."

„Das kann ich mir vorstellen", murmelte Pia. „Hat jemand von euch irgendwas rausgefunden?"

„Kein Geruch, keine Anzeichen, dass jemand eingedrungen ist, nichts sonst hat gefehlt, keine Zerstörungen. Ich habe nichts gespürt. Er hat nichts gespürt. Er hat sogar einige der erfahrensten Magieanwender ins Haus mitgenommen. Sie konnten nichts finden. Sie konnten nur sagen, dass es ein Unsichtbarer gewesen sein muss."

„Das ist wirklich gruselig." Pia rieb sich über die Arme. Sie dachte an Niall, der im Kinderzimmer schlief, und spürte einen fast überwältigenden Drang, nach ihm zu sehen. „Gingen auch Leute verloren?"

„Zum Glück nicht. Aber – hör dir das an – es hat auch eine Menge Ärger auf einer der Baustellen gegeben."

„Was für Ärger?"

„Es ist kein Vandalismus, oder zumindest hält es im Augenblick niemand dafür. Es geht um die Baustelle für die zukünftige Konzerthalle. Jedes Mal, wenn sie das Gerüst der Halle bis zu einem gewissen Punkt aufbauen, stürzt es ein. Sie haben bereits drei Baumeister mit drei verschiedenen Versuchen darauf angesetzt. Sie haben auch Wünschelrutengänger nach verborgenen Schwächen im Boden suchen lassen, aber nichts gefunden. Der Bauplatz scheint solide zu sein, und die Pläne sind mehrfach auf Makel im Entwurf geprüft worden. Niemand findet heraus, warum man an dieser Stelle kein Gebäude bauen kann."

Pia konnte nicht mehr stillsitzen. „Entschuldige mich bitte einen Augenblick lang. Ich muss nach Niall sehen."

„Natürlich."

Sie war zu vernünftig, um zu rennen. Aber sie betrat das

Haus rasch und schlüpfte so leise wie möglich ins Kinderzimmer. Ihr Herz hämmerte, als sie sich dem Kinderbett näherte.

Gemütlich auf dem Rücken ausgestreckt schlummerte Niall friedlich, ein feistes Fäustchen seitlich an den Kopf gedrückt. Jetzt konnte sie wieder atmen.

Sie legte einen Finger sanft auf seinen runden, warmen kleinen Bauch. *Süßer Höllenspross.*

Sie stellte fest, dass sie nicht wieder gehen konnte. Nicht, nachdem sie sich die Geschichten angehört hatte, die Bel ihr erzählt hatte. Nicht, nachdem sie wusste, dass etwas irgendwie unbemerkt an einer der aufmerksamsten und magischsten Elfen vorbeigeschlüpft war, die Pia je getroffen hatte, und einem der mächtigsten Wächter von Dragos, um etwas von Bels Nachtkästchen zu stehlen. Kein Wunder, dass Graydon durchgedreht war.

Bel hatte gesagt, niemand würde vermisst, aber dennoch. Alles, was stark genug war, eine Matratze hinauf in einen Baum zu bewegen, konnte mühelos ein Baby entführen.

Sie hob ihren schlafenden Sohn auf, drückte Niall dicht an sich und vergrub die Nase am weichen, süßen Hals ihres Sohnes. Während sie seinen Geruch einatmete, streifte etwas Zartes, kaum Wahrnehmbares ihr Bewusstsein.

Ein leises, dumpfes Geräusch erklang irgendwo im leeren Haus.

Adrenalin flutete ihren Körper, und sie fühlte sich, als hätte ein Maultier sie getreten. Sie schoss aus dem Kinderzimmer, durch das große Schlafzimmer und auf die Terrasse. Gleichzeitig schrie sie telepathisch: *Dragos, ich brauche dich!*

Wo bist du? Seine Antwort enthielt ein ganzes Universum

der Ruhe.

D…draußen auf der Terrasse mit Bel.

Bin unterwegs.

Bel war aufgesprungen, Giselle steckte im Tragetuch an ihrer Brust. „Was ist los? Was ist passiert?"

Pia konnte nicht reden. Sie zitterte am ganzen Körper.

Innerhalb weniger Augenblicke stürzte ein riesiger, bronzefarbener Meteor aus dem Himmel. Der Drache landete mit einem Krachen, das mehrere Bäume umstürzen ließ, seine riesigen Augen leuchteten golden wie Lava. Ein etwas kleinerer goldener Meteor landete neben ihm. Es war ein Greif: Graydon. Ein dritter Meteor traf ein, eine Art geflügeltes Wesen. Pia erkannte nicht, wer es war, und es war ihr auch egal. Sie hielt ihre Aufmerksamkeit auf Dragos gerichtet.

Der Drache verwandelte sich in einen Menschen, und Dragos rannte auf sie zu. Er packte sie an den Oberarmen, noch während er mit einem scharfen Blick die Umgebung musterte. Seine Macht war so deutlich spürbar, dass sie es kaum aushielt, in seiner Nähe zu stehen, so viel Hitze strahlte er ab.

„Du zitterst wie Espenlaub." Seine Stimme war hart. „Was ist passiert?"

„Da war etwas im Haus." Ihre Lippen waren taub geworden.

Er wandte sich mit mörderischer Miene den Glasschiebetüren zu. Auch Graydon hatte sich in seine Menschengestalt verwandelt, um leise mit Bel zu sprechen. Der dritte geflügelte Wyr hatte sich in einen Mann mit der rauen Ausstrahlung eines Soldaten verwandelt, seine Augenwinkel zeigten Krähenfüße, und graue Strähnen zierten sein blondes Haar.

„Warte hier", befahl ihr Dragos. Er öffnete die Schiebetüren und glitt in das Haus.

„Paul, bleib hier und bewache die Frauen", sagte Graydon. Er wartete nicht auf eine Bestätigung, sondern folgte Dragos. Der unbekannte Mann stand aufmerksam da, hatte alles im Blick.

Eva und Linwe kamen auf den Weg zum Strand herauf und rannten auf sie zu. „Wir haben den Drachen gesehen. Was ist passiert?", fragte Eva mit schneidender Stimme. Linwe war zu Bel und Giselle gelaufen.

Pia schüttelte den Kopf. Im Augenblick konnte sie nicht sprechen. Sie zitterte noch immer. Erstaunlicherweise hatte Niall alles verschlafen.

Ein paar Augenblicke später traten Dragos und Graydon aus dem Haus. Dragos legte eine flache Hand auf Pias Rücken. „Wir haben nichts gefunden", erklärte er ihr leise. Aufmerksame Sorge stand in seinem goldenen Blick.

„Da war etwas", flüsterte sie.

„Weißt du, was es war?"

Sie schüttelte den Kopf. „Etwas."

Der Fremde meldete sich mit einem lockeren Lächeln zu Wort. „War es womöglich einfach nur der Wind? Vielleicht gab es keinen Grund, in Panik auszubrechen oder einen Notruf abzusetzen."

Dragos' mörderischer Blick trat im Nu wieder auf sein Gesicht, doch Pia hielt ihn auf, indem sie ihm die Nägel in den Unterarm grub. Sie fühlte sich nicht richtig wohl in ihrem Körper. Durch zusammengebissene Zähne sagte sie: „Ich weiß nicht, wer Sie sind, aber es geht Sie verdammt noch mal nichts an, und wenn ich die nächsten fünfzehn Jahre lang jeden Tag Panik schiebe und nach meinem Mann schreie. Und er wird jedes Mal kommen, denn wissen Sie was? Ich wurde mehr als einmal entführt. Man hat auf mich geschossen. Und zwar öfter. Ich wurde verletzt. Also, wenn das Ihr herablassender Versuch ist, eine hysterische Frau zu beruhigen, können Sie Ihren Arsch genau jetzt in diesem Augenblick aus meinem Leben schwingen. Raus mit Ihnen."

Ihre Ansprache wischte den gönnerhaften Ausdruck von seinem Gesicht. Er wurde blass. Mit einem Blick auf Dragos sagte er entschuldigend: „Mein Lord …"

„Dass Sie sich an mich wenden, anstatt unmittelbar zu meiner Partnerin zu sprechen, ist Ihr zweiter Fehler", knurrte Dragos. „Pia hat Ihnen gesagt, Sie sollen gehen."

Das Gesicht des Mannes verwandelte sich zu einer Maske. Er verbeugte sich, zog sich zurück und marschierte weg.

Anspannung pochte in allen Anwesenden auf der Terrasse: Graydon mit Bel und ihrem Baby. Linwe hatte ihren Bogen gespannt, darauf ein Pfeil, der auf die Terrasse gerichtet war. Eva war auf einer Seite von Pia, Dragos auf der anderen, während ihr hübsches Katastrophen-Baby alles verschlief.

Dann, obwohl es schwierig war, wandte sich Pia an Eva. „Bitte nimm Niall."

„Natürlich", murmelte Eva. Sie hob das Baby hoch und hielt es beschützend fest.

Pia schaute zu Dragos. „Gehen wir durchs Haus."

„Das wollte ich gerade auch vorschlagen." Er wandte sich an Graydon. „Kommst du mit?"

„Darauf kannst du wetten."

Pia trat ins Innere, gefolgt von den beiden Männern. Dragos ließ eine Hand auf ihrer Schulter ruhen. Das verhinderte allerdings nicht, dass sie zitterte, doch fühlte sie sich durch die körperliche Verbindung etwas besser. „Ich habe etwas gespürt", sagte sie. „Ich weiß nicht, was es war."

„Das weiß ich doch", sagte Dragos. „Wie sieht unser Schlafzimmer für dich aus? Hast du es so zurückgelassen? Sieh dir alles genau an."

Sie sah sich lange sorgsam um. „Es sieht in Ordnung aus. Ich habe etwas auf der anderen Seite des Hauses gehört."

„Wir gehen trotzdem Zimmer für Zimmer vor." Seine Stimme war ruhig und gelassen.

Das fuhr ihre Panik weit genug herunter, dass sie sich an ihn wenden konnte. „Es war, als ..." Sie hielt eine Hand wenige Zentimeter über seinen Unterarm, ohne ihn zu berühren. „Ich stelle keinen Kontakt her, aber du spürst das, was immer es ist? Die Wärme meiner Hand, meine Energie, wie immer du es nennen willst."

„Ja." Sein mörderischer Blick war berechnend geworden.

Sie strich mit der Hand durch die Luft über seinem Unterarm. „So war das. Als hätte ich gespürt, wie jemand an mir vorbeigeht. Es hat mich nicht richtig berührt, genauso wie ich dich jetzt nicht richtig berühre. Aber ich habe es gespürt."

„Ok, verstanden. Sehen wir uns das nächste Zimmer an."

Sie ließen sich Zeit, während sie durch das Haus streiften. Keiner der Männer hatte eine Waffe gezogen, aber ihre kombinierte deutlich spürbare Macht sagte ihr, dass sie zu allem bereit waren.

Und sie fanden nichts. Nichts. Nichts. Nicht in Nialls Kinderzimmer. Nicht in einem der Bäder oder dem anderen Schlafzimmer. Nicht in der Küche.

Schließlich standen sie im Wohnzimmer. Pia rieb sich

über die Stirn, spürte, wie sich Kopfschmerzen anbahnten. „Ich weiß nicht, was ich sagen soll", stieß sie letztlich hervor. „Ich weiß, was ich gespürt habe. Und ich weiß, was ich gehört habe."

„Wir glauben dir, Liebes", erklärte Graydon. „Hier ist schon merkwürdiges Zeug vorgefallen."

„Ich wollte dir davon erzählen, nachdem ich zurück bin", murmelte Dragos.

„Das hat Bel schon getan", erklärte sie ihm. „Und ich habe mir gedacht, wenn irgendwas das ganze Zeug durch die Gegend transportieren kann, könnte es auch ein kleines Baby ziemlich mühelos mitnehmen."

Dragos wirkte eisern. „Verstanden. Was immer es war, es scheint vorerst weg zu sein. Außer, du spürst noch irgendwas?"

Während sie den Kopf schüttelte, fiel ihr Blick auf das Taschenbuch auf dem Boden neben dem Sofa. Es lief ihr wieder eiskalt den Rücken hinunter. „Das war also das Geräusch", sagte sie. „Das Buch."

„Was meinst du damit?"

Sie ging hinüber zum Sofa, hob das Taschenbuch auf und legte es betont mitten auf die Sitzfläche. „Dort habe ich es hingelegt, als ich zur Tür gegangen bin. Ich erinnere mich, dass ich es absichtlich auf die Sitzfläche gelegt habe, denn von der Lehne rutscht manchmal etwas herunter, und ich wollte, dass es leise bleibt, wenn Niall schläft. Dieses Taschenbuch ist viel zu schwer, als dass der Decken-ventilator es hätte herunterwehen können, und es kann nicht von allein von der Couch springen." Sie hob den Blick, um Dragos in die Augen zu schauen. „Etwas war in diesem Haus. Ich habe gespürt, wie es an mir vorübergeht. Und es hat das Buch auf den Boden geworfen."

Kapitel 6

VORSICHTIG NAHM DRAGOS Pia das Taschenbuch ab. Er fasste es an einer Ecke, hielt es sich unter die Nase. Pias Geruch hing an den Seiten, und schwächer noch nahm er Jocastas Geruch wahr. Jocasta und Ramone waren diejenigen, die alles im Haus ausgepackt und eingeräumt hatten.

Er spürte keinen Rest Magie, und keine weitere Information irgendeiner Art. Es war einfach nur ein Taschenbuch.

Er reichte es Graydon, der es genauso sorgfältig wie zuvor er untersuchte. Dann überprüften die beiden Männer jeden Quadratzentimeter des Zimmers. Sie fanden nichts, aber an dieser Stelle hatte Dragos auch nichts anderes erwartet. Es war trotzdem wichtig, dass sie nachsahen. Kein Hinweis war trotzdem auch eine Information, die man für die Analyse nutzen konnte.

Während sie das Umfeld inspizierten, setzte sich Pia auf einen Sessel, beugte sich vor, um die Ellbogen auf die Knie zu stützen, und vergrub das Gesicht in den Händen. Graydon warf Dragos einen besorgten Blick zu, dann gab er eine Absicht zu verstehen, dass er hinausgehen würde, indem er mit dem Kopf Richtung Terrasse wies, ehe er hinaustrat.

Dragos ging vor Pia in die Hocke und betrachtete ihre

niedergeschlagen, herabhängenden Schultern.

Sie spähte ihn durch ihre Finger an. „Ich habe PTBS.“

Er nahm sie am Ellbogen und nickte. „Zu diesem Zeitpunkt würde ich auch nichts anderes erwarten.“

„Habe ich überreagiert? Bei allem, womit wir es zu tun hatten, seit wir zusammen sind, gab es das noch nie, dass etwas in unseren Wohnraum eingedrungen ist. Da bin ich komplett ausgeflippt.“

Sie hatte das Recht, alles zu empfinden, was sie empfand, und sich zu benehmen, wie sie wollte. Ihm war egal, ob sie überreagierte, aber er wusste, dass es ihr nicht egal war. Sie strebte danach, sich auf gerechte und ausgeglichene Weise zu verhalten. Nachdem er ein wenig darüber nachgedacht hatte, erwiderte er: „Ich glaube nicht. Etwas Unbekanntes und Unverstandenes kam uneingeladen in unser Haus. Und Paul hat sich daneben benommen.“

„Wer ist er denn überhaupt?“

Er zuckte nur mit den Schultern. „Der Polizei-Hauptmann der Stadt.“ Das war er zumindest gewesen. Einige der älteren Raubtier-Wyr hatten eine chauvinistische Einstellung gegenüber Pflanzenfressern, und Dragos hatte die volle Absicht, ihn zu feuern, sobald er die Gelegenheit dazu bekam. „Ich möchte, dass du darüber nachdenkst, Niall vorerst mit zurück nach New York zu nehmen.“

Da hob sie den Kopf und sah ihn lange gleichmütig an. Dann fragte sie ruhig: „Bist du dir ganz sicher, dass es das ist, was du wirklich willst?“

Die Art, wie sie ihn das fragte, ließ ihn erneut über seine Worte nachdenken. Mit finsterem Gesicht ballte er die Hände zu Fäusten. Falls sie nach New York zurückkehrte, würde das eine größere Trennung bedeuten als alles, was sie bisher durchgemacht hatten.

Und dass sie in New York blieb, wäre noch keine Garantie, dass sie und das Baby in Sicherheit wären. Er würde sich nicht persönlich um ihren Schutz kümmern können. Wenn ihnen etwas zustieß, würde er es erst Tage später mitbekommen, und am Ausdruck in ihren Augen las er ab, dass ihr das bereits klar war. Sie wartete nur darauf, dass er zum selben Schluss kam.

„Nein", knurrte er. „Was, wenn du und Niall zum Wachposten gehen und bei Malan bleiben würdet?"

Sie hob eine Augenbraue und wartete geduldig.

Er dachte auch darüber nach. Abermals, falls ihnen etwas zustieß, würde er es erst Stunden später mitbekommen. Er zischte: „Verdammt."

Sanft sagte sie: „Was du wirklich willst, ist, dass wir in der Nähe und in Sicherheit bleiben. Nun, da ich die Gelegenheit hatte, mich zu beruhigen, bin ich mir nicht mehr sicher, ob wir uns in irgendeiner Gefahr befunden haben." Daraufhin wollte er zum Sprechen ansetzen, aber sie legte ihm einen Finger an die Lippen. „Ich bin mir auch nicht sicher, ob wir es nicht waren. Ich will einfach nur sagen, dass wir auf jeden Fall alles in unserer Macht Stehende tun müssen, um das Baby zu schützen. Ich schlage vor, wir bleiben, solange wir es ständig wachsam im Blick haben können. Wenn diese Macht, was immer sie ist, an Bel und Gray vorbeikommt, könnte sie vielleicht sogar an dir vorbeischlüpfen. Und wir wissen nicht, ob sie einem Kind schaden würde, aber wir wissen auch nicht, ob sie es nicht würde. Bis wir mehr herausfinden, gehen wir kein Risiko ein."

Während sie sprach, kamen Graydon und Bel, die Giselle und Niall trugen, ins Wohnzimmer. Bel sagte: „Ich stimme zu hundert Prozent zu. Kein Baby sollte unbeaufsichtigt bleiben, bis wir sicher wissen, dass dieses Unsichtbare ihnen keinen Schaden zufügt.“

Graydon reichte Niall an Dragos weiter, während er hinzufügte: „Und glaubt es oder nicht, aber wir hatten gerade eine Art Durchbruch. Pia ist die erste, auf die wir stoßen, die irgendetwas gespürt hat. Wir sollten feststellen, was sie sonst noch herausfinden könnte.“

Dragos kniff die Augen zusammen. Wie Pia hatte er nur auf die Situation reagiert und war noch nicht zu dieser Erkenntnis gelangt. „Gute Feststellung.“ Er schaute zu seiner Partnerin. „Willst du Detektiv spielen?“

„Auf jeden Fall“, erwiderte sie sofort. „Solange wir für den Schutz von Niall alle Hebel in Bewegung setzen. Ich möchte einen superneurotischen Aktionismus, Dragos. Ich bin bereit, mich jeglichen Abenteuern und Problemen zu stellen, auf die wir treffen könnten, aber ich ertrage den Gedanken nicht, dass meinem Baby etwas passieren könnte.“

Seit ihrer Paarung hatten sie viele Diskussionen über Sicherheit geführt, und wenn überhaupt, war Pia die Stimme der Vernunft gewesen. Ansonsten hätte Dragos sie ständig und zu jedem Zeitpunkt mit einem halben Dutzend Wachen umgeben. Die Tatsache, dass sie ihm die Erlaubnis gab, alle Hebel in Bewegung zu setzen, erfüllte ihn mit einer enormen Befriedigung.

„Superneurotischer Aktionismus also“, sagte er mit einem wilden Lächeln.

DIE VIER LIEßEN sich im Wohnzimmer nieder, um ihre Möglichkeiten zu besprechen. Letztlich beschlossen sie, dass, wann immer Pia und Dragos investigieren wollten, Bel und Graydon sich um die Babys kümmern konnten. Bels

Elfendiener sorgten für die ständige Anwesenheit von Wachen im dem Umfeld ihres Hauses, was immer das auch nützen würde. Eva und Linwe konnten ebenfalls Schichten übernehmen, damit zu jedem Zeitpunkt wachsame Augen auf beiden Babys lagen.

Tiago und Niniane trafen ein, während sie gerade mitten in der Diskussion waren. Nachdem sie alle begrüßt hatten und auf den neuesten Stand der Ereignisse gebracht worden waren, boten sie ihre Hilfe an, um die Babys zu bewachen. Letztlich musste sogar Pia zugeben, dass sie kein mächtigeres oder fähigeres Babysitter-Team hätten finden können, wo immer sie auch gesucht hätten.

Während sie Strategien entwarfen, brachen Eva und Linwe auf, um den Hund zu holen, den Dragos bei anderen zurückgelassen hatte, als Pia um Hilfe gerufen hatte. Als die Frauen zurückkehrten, stürmte Skeeter zu Dragos und lehnte sich an sein Bein.

„Ich kann nicht glauben, dass du dir ein Hund angeschafft hast", sagte Linwe lächelnd. „Das sieht dir gar nicht ähnlich."

„Stimmt total, oder?", rief Niniane. „Ich konnte es auch nicht glauben."

Als Dragos den Mund öffnete, um es angestrengt *schon wieder* zu leugnen, erhaschte er einen Blick auf die Heiterkeit, die über Pias Miene tanzte. Dass sie wieder lachen konnte, freute ihn so sehr, dass er lediglich die Augen verdrehte, aber beschloss, nichts zu sagen.

Stattdessen sagte er telepathisch zu Graydon: *Pia lässt mich niemanden anheuern, der die Betreuung des Hundes in Vollzeit übernimmt.*

Die Miene des Greifs war von unterdrückter Erheiterung durchdrungen. *Lässt sie nicht?*

Er funkelte ihn an. *Ich führe kein Leben, das es gestattet, auf lebendige Snacks aufzupassen.*

Das ist tatsächlich ein hervorragendes Argument, gab Graydon zu. *Du musstest ihn bereits einmal zurücklassen. Vielleicht muss er einfach nur im Haus bleiben.*

Bitte heure einen Gassi-Geher für ihn an. Jemanden, der rund um die Uhr verfügbar sein kann. Er hielt inne. Der- oder diejenige muss Hunde lieben. Ich denke, es sollte die Möglichkeit bestehen, dass er oder sie ihn aufnimmt.

Graydon legte sich eine große Hand übers Gesicht. *Hilf mir mal weiter, Dragos. Wie unterscheidet sich das denn davon, jemanden anzuheuern, der ihn Vollzeit betreut?*

Er kniff die Augen zusammen. Er wusste es nicht zu schätzen, wenn man sich über ihn lustig machte. *Ich muss in dieser Sache eindeutig eine Guerilla-Kampagne planen. Es geht einfach um den Unterschied in der Bezeichnung. Berufstätige heuern ständig Gassi-Geher an. Bestimmt kann nicht mal Pia was dagegen einwenden. Nach und nach kann er vielleicht dann immer wieder zu Hause bei dem Gassi-Geher übernachten. Er ließ ruhelos eine breite Schulter kreisen. Dann werden wir ihn öfter dort übernachten lassen.*

Ich sage das nur ungern, aber ich glaube nicht, dass das guerillamäßig der letzte Schluss ist. Das wird sie schon von weitem kommen sehen. Graydon schüttelte den Kopf. Es wäre sehr viel einfacher, wenn du schlicht Jocasta und Ramone bittest, auf ihn aufzupassen, während du nicht zu Hause bist.

Dragos knurrte tonlos. Der Hund hatte, schon seit er das Haus betreten hatte, nach Angst und Stress gerochen. Er legte Skeeter eine Hand auf den Kopf und sagte leise: „Beruhige dich."

Während der Befehl Wirkung zeigte, schaute Skeeter bewundernd zu ihm auf und legte ihm den Kopf auf das

Knie.

Diese Interaktion blieb nicht unbemerkt. „Schaut euch das an", rief Niniane. „Aryal hatte Recht – du kannst wirklich gut mit ihm umgehen."

„Im Augenblick bin ich seine Beruhigungspille", sagte Dragos trocken. „Das ist keine akzeptable Langzeitlösung, für niemanden."

„Vorerst funktioniert es", sagte Pia. „Und wir haben dringendere Probleme, über die wir nachdenken müssen."

Da hatte sie recht, und die Unterhaltung bewegte sich weiter. Die anderen blieben noch, und da es so lange her war, dass sie alle zusammen gewesen waren, luden Pia und Dragos sie ein, zum Abendessen zu bleiben. Es tat gut, sich mit Freunden und alten Gefährten zu entspannen.

Soweit Dragos beobachtete, war an Niniane, obwohl sie sich in jedes Thema stürzte und oft lachte, etwas Zerbrechliches, als wäre sie aus Glas, und Tiago beobachtete sie beinahe unaufhörlich. Vor ihnen lagen schwierige Entscheidungen.

Falls sie sich entschieden, sich in Rhyacia niederzulassen, fragte er sich, ob Tiago vielleicht daran interessiert wäre, Paul zu ersetzen, um die Polizeikräfte der Stadt zu führen. Der Gedanke gefiel ihm. Er gefiel ihm sogar sehr, aber wie Pia ihm schon öfter dargelegt hatte, mussten andere Leute ihr Leben nicht auf eine Art und Weise einrichten, die ihm passte. Dennoch war er darauf vorbereitet, es ins Gespräch zu bringen, falls sich eine Gelegenheit bot, in der es auf offene Ohren stoßen würde.

Beim Abendessen beschloss die Gruppe einen Plan für die nächsten Tage. Falls nicht irgendetwas Unvorhergesehenes passierte, würden Pia und Dragos Niall an den Vormittagen hinüber zu Graydon und Bel bringen, um der unsichtbaren Macht nachzuspüren.

Da sie nicht wussten, was sie aufdecken würden, war es unmöglich, zu weit in die Zukunft zu planen. Vorerst würden sie sich die Standorte ansehen, an denen Gegenstände bewegt worden waren. Dragos wollte auch den Bauplatz für die Konzerthalle überprüfen, obwohl niemand wusste, ob die beiden Phänomene miteinander zusammenhingen.

Nachdem sich alle eine gute Nacht gewünscht hatten und gegangen waren, kamen Jocasta und Ramone, um für diesen Abend aufzuräumen, Dragos legte Niall wieder auf seine Schulter, nahm Pia an der Hand und führte sie hinab zum Strand.

Der Sonnenuntergang war ein großartiges Kaleidoskop aus Farben auf dem Wasser und am Himmel. Niall schüttelte sich wach, verwandelte sich in seine Wyr-Gestalt und galoppierte über den Strand. Seine Hufe flogen in alle Richtungen, und er erdolchte Felsen und Sand. Skeeter hatte sich bereits an Nialls Gestaltwandel gewöhnt und verfolgte das Baby mit begeistertem Gebell.

Als Niall herumwirbelte, um die Spitze seines Horns auf den Hund zu richten, ging Dragos dazwischen. „*Niall*", sagte er in einem Tonfall, der keine Widerworte zuließ. „*Mach das nicht.*"

Niall wankte. Er schlug den Schweif hin und her und betrachtete seinen Vater, während ein Kringel Rauch aus einer zarten Nüster aufstieg. In den Augen des kleinen Scheißers stand ein so abschätziger Blick, dass Dragos schwer zu kämpfen hatte, nicht zu lachen.

„Er wird dich herausfordern …", murmelte Pia. Ihr Gesicht war tief gerötet, weil sie sich bemühte, ihr Gelächter zu unterdrücken. „Ich sehe voraus, dass jahrelange

Herausforderungen auf uns zukommen."

„Ich weiß", murmelte er zurück. Lauter wiederholte er: „Erdolche nicht den Hund."

Niall brach den Wettkampf der Willensstärke ab, indem er den Kopf nach hinten warf und weggaloppierte.

Dragos wartete, bis das Baby sich verausgabt und wieder zurück in seine Menschengestalt verwandelt hatte, dann sagte er sanft: „Wir müssen nochmal darüber sprechen, ob wir ihn binden."

Sie hatten das Thema schon in der Vergangenheit mehrfach umkreist. Manchmal standen Wyr vor der Herausforderung, ein Kind aufzuziehen, das so stark und gefährlich war, dass man einen Binde-Zauber wirken musste, der das Kind in seiner Menschengestalt hielt, bis es alt genug war, Selbstbeherrschung zu üben. Am häufigsten kam diese Taktik bei Löwen-Wyr oder anderen Raubtieren zum Einsatz, die manchmal zur Gewalt neigten.

Ihre Miene verdüsterte sich. „Ich verabscheue diesen Gedanken."

„Ich ebenso. Aber er hat einen zu starken Willen und ist zu chaotisch. Wenn wir ihn nicht binden, zumindest manchmal, wird er sich eines nicht allzu fernen Tages zur falschen Zeit verwandeln, und seine Wyr-Gestalt wird kein Geheimnis mehr sein." Er hielt inne. „Ich kann euch beide hier besser schützen, aber die Gefahr, dass euer Geheimnis bloßgelegt wird, ist immer noch real. Als wir beschlossen haben, eine neue Gesellschaft in Rhyacia aufzubauen, haben wir diese Bedrohung zugelassen. Das hätten wir nur verhindern können, wenn wir ganz allein hergekommen wären, um hier zu leben. Und diese Art der Isolation hätte uns beiden kein wahres Leben geboten."

„Nein, ich weiß." Sie hob eine Hand voll Sand auf und

ließ sie durch ihre Finger rieseln. „Bei Liam kam es nie zu dieser Situation. Er war zu …"

„Ich glaube, das Wort, nachdem du vielleicht suchst, lautet vernünftig."

Sie lachte. „Vielleicht schon. Aber wir mussten auch seine Drachengestalt nicht geheim halten. Jeder erwartete, dass du einen Drachensohn hast. Und selbst dabei sind wir trotzdem noch in Probleme geschlittert, von denen wir nichts ahnen konnten, wie damals, als wir im Urlaub waren, und er beschloss, aus dem Haus zu steigen und ein Abenteuer zu erleben."

„Genau." Er beobachtete sie sorgsam, dann schlug er vor: „Stell es dir doch so vor, wie ihn zu wickeln. Wir wickeln Niall bereits, damit er nicht überall hin pisst und scheißt. Wenn er genug Selbstbeherrschung aufbringt, hören wir auf, ihn zu wickeln. Er wird immer noch etwas absondern, aber er wird es zu einem Zeitpunkt und an einem Ort tun, an dem er es tun soll."

„Und manchmal können wir die Windel abnehmen?"

Er nickte. „Wir können den Binde-Zauber abnehmen, wann immer er an einem Ort ist, der sicher genug ist, um ihm zu gestatten, sich in seine Wyr-Gestalt zu verwandeln, wie hier, auf diesem Strandabschnitt. Er wird immer noch die Freiheit haben, zu rennen und auf Erkundungsgänge zu gehen, nur eben zu unseren Bedingungen, nicht zu seinen. Wir können es als Werkzeug nutzen, um ihm Selbstdisziplin beizubringen."

Sie kniff sich in den Nasenrücken. „Wenn man es so formuliert, glaube ich nicht, dass uns wirklich eine Wahl bleibt."

„Das sehe ich genauso."

„In Ordnung." Dieses Eingeständnis fiel ihr sichtlich

schwer, aber die Sicherheit des Babys musste an erster Stelle stehen, und seit Niall seine Neigung zum frühen Gestaltwandel offenbart hatte, hatte eigentlich nie etwas anderes zur Wahl gestanden.

Er zog Pia zwischen seine Beine und schlang die Arme um sie. Sie hielt das Baby, lehnte sich zurück an seine Brust, und sie sahen zu, wie die Sonne hinter den Horizont sank. Der Hund legte sich auf den Sand und lehnte sich an seinen Oberschenkel.

Während er die Lippen an die Krümmung ihres Ohrs drückte, sagte er: „Wegen Paul."

Sie regte sich und erwiderte unbehaglich: „Ich bin vor ihm wirklich in die Luft gegangen. Das tut mir leid."

„Das ist das Letzte, was ich von dir hören wollte. Ja, du bist in die Luft gegangen, aber er hat sich unangemessen verhalten. Niemand verhält sich meiner Partnerin gegenüber unangemessen und kommt damit davon. Wenn du es nicht getan hättest, hätte ich es gemacht. Auf jeden Fall ist es nicht das, worüber ich sprechen wollte."

„Ok", sagte sie, und ihr Tonfall wurde zurückhaltend. „Was ist mit Paul?"

Er legte eine Wange an ihre Haare. „Ich glaube nicht, dass die Frau, der ich einst auf dem Folly Beach in South Carolina begegnet bin, zu dem fähig gewesen wäre, was du heute Nachmittag getan hast."

Sie kicherte. „Du meinst, die Frau, die du über den Stand gejagt hast."

Er machte eine wegwerfende Geste. „Worte. Mir geht es um etwas Wichtiges. Noch während ich anfing, Paul zu antworten, hast du mich aufgehalten, bist dazwischen gegangen, und du hast ihm die Abreibung verpasst, die er verdient hat. Die Frau, die ich auf diesem Strand getroffen habe, hatte ein Mundwerk, das kannst du dir nicht ausmalen. Sie war frech, sexy und faszinierend ohne Ende. Aber ich glaube nicht, dass sie die Fähigkeit besessen hätte, das zu tun, was du heute schon so mühelos getan hast. Manchmal, wenn ich dich anschaue, erkenne ich immer noch, dass du an dir zweifelst. Du denkst zu viel über die Dinge nach und machst dir ständig Sorgen, ob du das Richtige tust oder nicht."

„Du hast recht", murmelte sie, „das tue ich."

„Einerseits zeigt das, dass du ein Gewissen hast." Er spannte die Arme an. „Auf der anderen Seite jedoch wünschte ich, du könntest dir selbst zutrauen, was ich dir zutraue. Ich wünschte, du könntest sehen, wie weit du dich entwickelt hast, so wie ich das sehen kann. Du tust meistens das Richtige, und wenn nicht, bist du flexibel genug, um eine Kursänderung vorzunehmen und wieder auf den richtigen Pfad zu kommen. Du hast da etwas. Es ist nicht nur ein moralischer Kompass, obwohl es das auch ist. Du hast die Fähigkeit, unter schwierigen Umständen deinen Weg zu gehen, aber es ist auch die Fähigkeit, die Führung zu übernehmen, Grenzen abzustecken und jemanden abzuweisen, wenn derjenige Abweisung benötigt. Ich würde gerne sehen, dass du dich darauf mehr verlässt. Du bist stärker und fähiger, als du glaubst, und ich habe einen Höllenrespekt vor dir."

Als er fertig gesprochen hatte, war sie so lange still, dass er sich schon zu fragen begann, ob er etwas Falsches gesagt hatte, dann flüsterte sie: „Danke, dass du das sagst. Das bedeutet mir viel."

„Das habe ich nicht gesagt, um gefühlsduselig zu sein." Er war kein Fan von sentimentalen Augenblicken. „Ich sage dir die Wahrheit, wie ich sie sehe." Er regte sich.

„Bereit, zurück ins Haus zu gehen?"

„Ja."

Da sie die Arme voll hatte, hob er sie mühelos hoch und stellte sie auf die Beine. Innerhalb weniger Minuten betraten sie wieder das Haus. Im Wohnzimmer lag Eva auf einem Sofa ausgesteckt und las eines von Pias Taschenbüchern.

Gefolgt von Skeeter marschierte Dragos in die Küche, um ein übrig gebliebenes Filetsteak aus dem Eisschrank zu holen. Während er am Tresen stand und aß, lauschte er den Frauen, die sich im anderen Zimmer unterhielten.

Pia: „Bist du sicher, dass es in Ordnung ist, wenn du heute Nacht auf Niall aufpasst?"

Eva: „Zum tausendsten Mal, ja. Ich bin überhaupt nicht müde. Ich habe heute nur einen Trip auf einem fliegenden Teppich in Drachenform hinter mir, was für mich ungefähr so ist, als würde man in den Vergnügungspark gehen. Dann hat mich meine beste Freundin in ein Date bugsiert, und ich war schwimmen mit einer tollen Frau, die einen so entzückenden Hintern hat, das kann man sich kaum vorstellen."

Pia lachte. „Ich bin froh, dass es dir Spaß gemacht hat."

Eva: „Danach war ich mit der gleichen tollen Frau spazieren, um einen Hund abzuholen – und das war süß, es war wie ein weiteres Date –, und dann durfte ich mit ihr abendessen. Mein Dienst als deine Leibwächterin hatte schon seine heftigen Augenblicke, aber heute habe mich noch nicht einmal angestrengt. Hör auf, dir Sorgen zu machen."

Pia: „Ich kann nicht anders. Du wirst ihn nicht aus den Augen lassen?"

Eva: „Ich mache es sogar noch besser. Ich werde ihn die ganze Zeit, während ich bei ihm bin, auf meiner Brust liegen lassen. Dieser kleine Fratz wird dermaßen verzogen. Er wird die ganze Zeit über gehalten, während du nicht bei ihm bist. Wie klingt das?"

Dragos aß ein paar Bissen Rindfleisch, während er anerkennend zuhörte. Der kleine Fratz war zu jung, um viel mitzubekommen. Er sollte völlig verzogen werden.

Er erhaschte einen Blick auf Skeeter, der dicht vor ihm saß, die großen, dunklen Augen bettelten. Wirklich, dieser Hund war sowas von hässlich. Er hatte schiefe Zähne, und Pia hatte die braunen Haare rund um seine Augen nicht getrimmt. Sie waren an manchen Stellen kraus und lockig und hingen ihm über die Augen.

Dragos fiel wieder ein, dass Pia gesagt hatte, Skeeter wäre aus dem Tierheim gekommen. Wer wusste schon, was für ein raues Leben der Hund geführt hatte, und der Großteil dieses kurzen Lebens war bereits vorbei. Hatte er jemals Filetsteak gekostet?

„Das ist dermaßen unangemessen", murmelte Dragos, während er ein Stück Rindfleisch abschnitt und es dem Hund hinhielt. „Und es bedeutet nicht, dass ich dich mag."

Gier ließ Skeeters Augen hervortreten. Er stürzte sich vor und schnabulierte das Rindfleisch, das er Dragos aus den Fingern riss.

Teufel aber auch. Der Hund sah aus, als hätte Dragos gerade den Mond in den Himmel gehängt, und das nur wegen eines dummen Stücks Rindfleisch. Dragos konnte nicht einmal zählen, wie oft er in seinem unfassbar langen Leben Rindfleisch gegessen hatte. Das war armselig. Er schnitt ein weiteres Stück ab und fütterte den Hund damit, und dann noch eines.

Ein leises Geräusch ließ ihn den Blick heben. Pia starrte ihn erstaunt an.

„Das hat gar nichts zu bedeuten", knurrte er. „Ich füttere nur den verschmähten Snack mit einem Snack."

Sie nickte. Bei den geheiligten Göttern, ihre Augen füllten sich mit Tränen. „Achte gar nicht auf mich." Ihre Stimme bebte. „Du weißt, wie emotional ich seit der Geburt bin. Ich dusche jetzt einfach schnell."

„Gut", sagte er betonter, als er es vermutlich hätte sagen sollen. Vielleicht würde ihr das die Gelegenheit geben, sich zu beruhigen.

Sie verschwand durch den Gang, und solange er lebte, er würde Frauen niemals verstehen.

Es war ein weiterer Bissen Rindfleisch übrig, die Hälfte davon Schwarte. Dragos schreckte vor dem Gedanken zurück, es sich in den Mund zu stecken. Aber der Hund hatte das Kinn auf Dragos Knie gelegt und sah ihn an, als würde er jeden Augenblick verschmachten. Er fütterte Skeeter mit dem letzten Bissen.

Auf dem Weg zum Schlafzimmer hielt er an, um Eva zu sagen: „Sorg dafür, dass du mich wissen lässt, wenn du auch nur ein bisschen schläfrig wirst, und ich übernehme eine Wache."

Sie lag halb auf der Couch und tätschelte dem Baby, das auf ihrer Brust lag, den Rücken. „Aber klar."

Vielleicht war es übertrieben. In all den Geschichten, die er über die unsichtbare Macht gehört hatte, war niemals tatsächlich jemand zu Schaden gekommen. Es gab andere Kinder in der Siedlung, und keines davon hatte jemand mitgenommen. Aber Dragos war ein großer Fan von übertriebenen Maßnahmen. Lieber übertrieb man es, als dass etwas passierte und man sich nachher quälte und fragte, ob man nicht mehr hätte tun können, um es zu verhindern.

Er marschierte durch den Gang zum großen

Schlafzimmer. Pia duschte noch. Er zog seine Kleider aus und gesellte sich zu ihr. Die Duschkabine war groß und mit Travertin gefliest, mit einer übergroßen, viereckigen Regendusche an der Decke.

Wasser glitzerte auf ihren runden Hüften und ihrem anmutigen, violinenförmigen Rücken. Sie seifte sich die Haare ein und hielt inne, um ihn über die Schulter anzulächeln. Er war ein Wesen des Feuers, und Verlangen brannte durch seine Adern und ließ seinen Penis steif werden.

Er schob ihre Hände beiseite und übernahm die Aufgabe, Shampoo in ihr Haar zu massieren, genoss das feuchte Gleiten seiner Finger durch die eingeseiften Strähnen. Als er begann, ihr die Kopfhaut zu massieren, stöhnte sie und legte eine Hand an die Wand, um sich zu stützen. „Das fühlt sich so gut an.“

Sein Mundwinkel hob sich. „Für mich auch.“

Er wusch ihr die Haare fertig und ging weiter zu den Schultern, dem Rücken, den Brüsten. Die behandelte er äußerst vorsichtig, denn sie stillte, und sie waren oft angeschwollen und schmerzten. Er streichelte die aufgequollenen Nippel und ließ die Finger über die Falte unter den weichen Rundungen streichen, beobachtete ihr Gesicht, während er sich ihren Körper hinabarbeitete.

Als er zwischen ihren Beinen ankam, stöhnte sie auf und lehnte sich zurück an die Wand. „Ich weiß nicht, wie lange ich stehen kann, während du das machst.“

„Finden wir es doch heraus“, murmelte er.

Sie sah ihn unter ihren mit Wasser benetzten Wimpern hervor an. „Beim letzten Mal war ich am Ende auf dem Boden.“

„Sehen wir mal, wie lange du es aushältst.“ Er liebte Sex

unter der Dusche, und er hatte dafür gesorgt, dass ihr Fertighaus eine Dusche hatte, die groß genug für beide war.

Er liebte das heiße, feuchte Gleiten ihrer Körper, die sich zusammen bewegten, und er liebte die Art, wie sie aussah, wenn sie durchnässt war und die Leidenschaft sie forttrug.

„Ich habe eine bessere Idee", sagte sie heiser.

Sie ging vor ihm auf die Knie, und er wusste, wohin das führen würde. Vorfreude machte ihn hart wie einen Dorn. Sie hielt ihre Hand nach oben, und er kam ihrer unausgesprochenen Bitte nach und ließ etwas Flüssigseife auf ihre Handfläche spritzen.

Sie packte seine Erektion und arbeitete die Seife überall ein, auch am prallen Hodensack darunter. Sie spannte die Finger an, pumpte, und der Druck und das Geschick ihrer Berührung brachte ihn rasch kurz vor den Höhepunkt.

Er packte ihre Handgelenke, um ihre Hände wegzuziehen, und zischte: „O nein, das nicht. Ich will nicht, dass es so schnell geht."

Die Entspannung, die er sich erkauft hatte, war nur von kurzer Dauer. Er hatte sich gerade vom Rand der Klippe zurückgerettet, da beugte sie sich vor und nahm ihn in den Mund. So heiß, so feucht, so eng.

„Verdammt, nicht lutschen!", fluchte er.

Gelächter barst aus ihr hervor, und sie verlor den Halt. Grinsend ergriff er die Gelegenheit, um auf die Knie zu gehen. Er ließ sich auf den Boden nieder, drängte sie, auf seinen Schoß zu steigen, und sie schwang eines ihrer fabelhaften Beine über seins und setzte sich rittlings auf ihn.

Das war es, das wollte er. Er drang mit den Fingern in sie ein und beobachtete, wie ihr Gesicht nun von heftigem Verlangen erfasst wurde. „Komm jetzt rein", stöhnte sie.

„Was immer du willst, Geliebte", murmelte er.

Sie brachte seinen Schwanz in Stellung, während er sie an den Hüften hielt, und als sie sich auf ihm niederließ, drang er in sie ein, und es passte genau. Sofort fanden sie genau den richtigen Rhythmus.

Sie zog sich zusammen, er pumpte, sie schlang die Arme um seinen Hals und hielt sich fest, während er ihren nachgebenden Oberkörper packte und härter in sie stieß. Die Regendusche ergoss endlos Wasser über sie, wusch alles weg, was von diesem Tag geblieben war, den Stress und die Angst von vorhin, als sie seinen Namen gerufen und die ganze Welt stillgestanden hatte.

Er packte sie zu fest, ließ sie in seine Brust prallen, sodass sie aufkeuchte, und obwohl er wusste, was er tat, konnte er nicht aufhören. Dann wurde er vom Höhepunkt erfasst, einem vulkanischen Rauschen, das sich bebend durch seinen Körper zog. Er stieß durch die pulsierende Lust vor, hob den Kopf, die Augen geschlossen, und ließ das Wasser wie Tränen über sein Gesicht strömen.

Er liebte sie, liebte sie, aber er war niemals sicher, was das bedeutete. Was war Liebe überhaupt?

Alles, was er wusste, war, was sie ihm Tag für Tag beibrachte.

Für ihn war Liebe eine Ansammlung solcher Augenblicke.

Aufgefädelt wie leuchtende Perlen auf einer Schnur.

Kapitel 7

NIALL WACHTE NACH fünf Stunden auf. Während Pia ihn stillte, schickte Dragos Eva zurück zu ihrer Hütte, um sich etwas auszuruhen. Sobald der Appetit des Babys gestillt und es wieder eingeschlafen war, legte es sich Dragos auf die Brust und wachte die restliche Nacht über seinen Sohn.

Sie brachen früh am Morgen auf, als es noch kühl und relativ still war. Dragos bestand darauf, dass Pia zumindest etwas Schutz trug. Als sie sich beschwerte, sah er sie gleichmütig an.

„Weißt du, was wir finden werden, wenn wir investigieren?"

Sie kniff die Augen zusammen. „Nein."

„Genau. Wir wissen es nicht. Darum tun wir es ja überhaupt. Besteht die Möglichkeit, dass wir etwas Gefährlichem begegnen?"

„Werden wir vermutlich nicht, weißt du? Dieser ganze Bereich wurde begutachtet, bevor wir uns entschieden haben, ihn zu erschließen."

Wenn Dragos etwas beschlossen hatte, neigte er zu einer rabiaten Geduld. Er bestand darauf. „Als das Gebiet begutachtet wurde, wussten die Ingenieure nichts von Unsichtbaren. Besteht also die Möglichkeit, dass wir etwas Gefährliches finden könnten?"

„Also gut.“ Sie funkelte ihn an. „Es besteht die Möglichkeit, dass dem so sein könnte.“

„Wenn wir uns schon völlig übertriebene Maßnahmen leisten, will ich, dass ein Teil dieser Maßnahmen auch in deine Richtung geht“, sagte er.

Letztlich entschied sie mit seiner Anerkennung, dass sie lederne Leggings und eine Halbrüstung tragen würde, die ihren Oberkörper schützte. Er schnallte sich ein Schwert auf den Rücken, und sie beschloss, sich mit einem Bogen und einem Köcher voller Pfeile zu bewaffnen. Es war die Waffe, mit der sie sich am wohlsten fühlte, wenn sie denn eine einsetzen musste. Ihre Schwertkunst war bestenfalls unauffällig, und falls sie aus irgendeinem verrückten Grund in einem Konflikt landeten, in dem Kampfkünste gefragt waren, würde sie mehr Schaden anrichten, indem sie im Weg stand. Wenn Dragos kämpfte, war er eine unaufhaltsame Kampfmaschine. Ihr bester Beitrag war, dass sie sehr exakt zielen konnte.

Sie ließen den Hund bei Jocasta und Ramone. Pia hatte Muttermilch für Niall abgepumpt, damit sie, sobald sie das Baby bei Graydon und Bel abgaben, einige Stunden ohne Unterbrechung Zeit hatten.

Er wollte als erstes den Bauplatz der Konzerthalle untersuchen, weshalb sie dorthin unterwegs waren. Der Bau hatte bereits an mehreren unterschiedlichen Stellen begonnen, aber der Baustaub war noch nicht besonders störend. Sobald sie auf der Baustelle waren, suchte Dragos den Vorarbeiter auf und stellte eine Reihe Fragen darüber, was sie bereits getestet hatten.

Er war sehr gründlich, aber für Pia war die ganze Unterhaltung nur *bla bla bla*, darum spazierte sie weg, um das Gerüst des Gebäudes zu mustern, das sie erneut hochgezogen hatten. Sie ging nicht weit, und Dragos hielt sie immer in seinem Blickfeld, aber sie brachte ausreichend Abstand zwischen sich und ihn, dass ihre Stimmen mit dem Hintergrund verschmolzen.

Die warme Sonne fühlte sich auf ihren bloßen Armen und dem Gesicht gut an, und die Brise vom See erfrischte ihr Gemüt. Sie öffnete ihre Sinne weit, während sie die Balken musterte, den wolkenlos blauen Himmel über sich und den aufgewühlten Boden, der mit Baustoffen und Werkzeugen übersät war.

Als Dragos schließlich zu ihr trat, fragte er: „Spürst du etwas?"

Sie zuckte mit den Schultern und schüttelte den Kopf. „Es ist schön hier. Was ist mit dir?"

Er blickte zum Himmel auf. Dragos war der Einzige, dem sie je begegnet war, der direkt in die Sonne starren konnte. „Hier ist etwas", sagte er schließlich. „Es ist ein Gefühl wie eine Ley-Linie oder die Art Energiewirbel, wie man ihn in Sedona finden würde. Das hat mich überhaupt erst zu dieser Stelle gezogen – das, und die Art, wie die Konzerthalle platziert ist, damit sie die beste Aussicht über die Stadt und den Hafen bietet."

„Aber nichts davon sollte ein Problem beim Bau verursachen, oder?", fragte sie.

„Genau. Wenn wir auf der Erde wären, könnten wir uns Technik zunutze machen, um mit bildgebenden Verfahren herauszubekommen, was tief im Boden vor sich geht, weiter unten, als wir gegraben haben, um hier die Fundamente zu errichten. Es gibt da etwas, dass man Georadar nennt – GPR –, mit dem Archäologen eine Karte einer ganzen verschütteten Römerstadt in Italien erstellt haben, ohne dass sie etwas ausgraben mussten. Das würde ich hier nur zu gern einsetzen.“

Sie liebte es, wenn er redete wie ein Geek, obwohl sie mit den Gedanken die Hälfte der Zeit über woanders war. „Du bist sexy“, sagte sie zu ihm.

Ein maskulines Grinsen legte sich auf sein Gesicht, obwohl er auch fragte: „Hat das irgendwas zu dieser Unterhaltung beizutragen?“

Sie hob eine Schulter und murmelte: „Es trägt zu *meiner* Unterhaltung bei.“

Sein Blick zeigte, dass er sich bewusst war, wie sexuell aufgeladen die Situation war. Als er nähertrat, ahnte sie, dass sie gleich geküsst werden würde. *Yippie-ya-yeah.*

Etwas strich an ihr vorbei.

Ihr stellten sich die Nackenhaare auf. Sie wirbelte herum, starrte darauf, die Augen weit aufgerissen. Dort war nichts … Dort war …

Dort war ein ganz schwacher, durchscheinender Umriss einer hochgewachsenen Gestalt, die vorüberging. Sie bekam den flüchtigen Eindruck fließender Anmut, eines herrlichen, nicht menschlichen Gesichtes, das sich umwandte, um sie anzusehen, einer großen, geschwungenen Form, die sich wie eine Schleppe dahinter erstreckte, und strahlenden Augen.

„Hast du das gesehen?“

Mit einer raschen Bewegung seines muskulösen Arms zog Dragos sein Schwert. „Nein. Was ist es?“

Das Gerüst der Konzerthalle kippte langsam zur Seite. Mit einem lauten, jaulenden Geräusch brach es zusammen.

Die Gestalt war verschwunden. Pia starrte den Schutt mit offenem Mund an, dann wandte sie sich Dragos zu. „Es war herrlich.“

Er packte sein Schwert, als wolle er etwas entzweischlagen, und knurrte zwischen zusammen gebissenen Zähnen:

„Was war es?"

Er war die perfekte Killermaschine. Es gab nichts, das barbarischer oder großartiger war, als wenn er sich für den Kampf bereitmachte, aber er konnte auf nichts einschlagen und hatte niemanden, gegen den er antreten konnte. Sie schüttelte den Kopf. „Du kannst dein Schwert auch wegstecken, denn es ist weg."

Mit finsterem Gesicht stieß er sein Schwert zurück in die Scheide. „Beschreibe es."

„Ich habe kaum einen Blick darauf erhascht", erklärte sie ihm. „Es war durchscheinend, so, wie man vielleicht einen Geist in einer Fernsehserie erwarten würde." Das klang doof, und sie verzog das Gesicht, während sie sich abmühte, die richtigen Worte zu finden. „Es war so hochgewachsen wie du, nur schlanker, und es hatte strahlende Augen. Und ich glaube … Ich glaube, es hatte Flügel. Dragos, ich denke nicht, dass wir hier so allein sind, wie wir anfangs angenommen hatten."

Der Vorarbeiter der Baustelle rannte auf sie zu. Er wirkte völlig verstört. „Mein Lord, es tut mir so ungemein leid, dass das schon wieder passiert ist. Ich weiß nicht, was wir falsch machen – wir haben alles versucht, was uns eingefallen ist …"

„Sie werden die Baumaßnahmen einstellen", erklärte ihm Dragos.

Der Mann stammelte: „Natürlich, wenn Sie das für das Beste …"

Dragos fiel ihm erneut ins Wort. „Stattdessen möchte ich, dass Sie diesen Bereich räumen und zu graben beginnen. Etwas scheint nicht zu wollen, dass wir hier bauen, und ich will wissen, ob unter diesem Bauplatz irgendetwas ist."

„Ja, mein Lord. Ich glaube, wir können schnell genug

aufräumen, um heute Nachmittag mit der Grabung zu beginnen."

Danach drehten sie eine Runde durch die restliche Siedlung, inspizierten jeden Standort, an dem Berichte nahelegten, dass etwas vorgefallen war, aber sie entdeckten sonst nichts. Schließlich kehrten sie zu Graydon und Bel zurück.

Tiago und Niniane hatten das Babysitten übernommen, und nachdem sie alle sechs zusammengekommen waren, erzählten Dragos und Pia den anderen, was vorgefallen war. „Hat einer von euch schon von einer solchen Kreatur gehört?", fragte Dragos. „Und warum ist Pia die Einzige, die sie sehen kann?"

Bel beugte sich vor, auf ihrem schönen Gesicht leuchtete Interesse. „Das weißt du noch nicht", sagte sie. „Sicher wissen wir nur, dass Pia die erste ist, die es sieht."

„Guter Punkt", knurrte er. „Doch hier gibt es viele erfahrene Magieanwender, und etliche von ihnen haben sich diese Anomalien angesehen."

„Das stimmt", murmelte die Elfenfrau, ihr nachdenklicher Blick ruhte auf Pia. In Gedanken versunken tippte sie sich mit einem Fingernagel auf ihren Schneidezahn.

„Und wie es der Zufall so will, bin auch ich ein sehr erfahrener Magieanwender", erklärte Dragos. „Ich war am selben Standort wie Pia, und ich habe verdammt noch mal nichts gesehen."

Bels Blick ging von Pia zum Drachen. „Nicht alle Magie ist gleich, wie du nur zu gut weißt. Ich habe keinen Zweifel, dass du auf der Höhe deiner Macht stehst, aber du bist kein Elf, und ich kann kein Feuer speien. Und keiner von uns kann ein Gewitter hervorrufen wie Tiago. Pia ist vielleicht nicht die Einzige, die das Wesen sehen kann, aber das heißt nicht, dass wir es alle werden sehen können. Glaubst du, dass es mit dem Gefühl in Zusammenhang steht, das du hattest, als etwas in eurem Haus war?"

„Oh, Mann." Pia dachte über die beiden Ereignisse nach. „Ja, das glaube ich."

„Weshalb glaubst du, hast du es heute gesehen, und gestern nicht?"

Sie zog die Schultern hoch und ließ sie fallen. „Heute Vormittag habe ich sehr viel schneller reagiert. Vielleicht habe ich zum richtigen Zeitpunkt an der richtigen Stelle nachgesehen? Vielleicht hat es geholfen, dass ich draußen war, und die Sonne schien? Es war sehr viel heller als in unserem Schlafzimmer. Das ist natürlich alles reine Spekulation. Ihr könnt genauso gut raten wie ich."

Tiago sagte: „Es gibt vielleicht nicht nur ein Wesen. Es könnten mehrere sein."

Graydon schob die Unterlippe vor. Seine Tochter saß auf seinem Schoß, ihr winziger Rosenmund war geöffnet, hin und wieder gab sie ein leichtes Quietschen von sich, wenn sie schnarchte. „Warum sollte man Dinge bewegen und die Baustelle einstürzen lassen? Will es – oder wollen sie – unsere Aufmerksamkeit erringen, oder sind sie wie Katzen, die einfach irgendein Zeug runter werfen, weil sie es können? Wenn sie unsere Aufmerksamkeit wollen, dann haben sie das erreicht. Aber was wollen sie uns sagen?"

„Dabei geht man davon aus, dass sie diejenigen sind, die das Gebäude einstürzen haben lassen, und auch das wissen wir nicht mit Sicherheit. Kehren wir lieber dazu zurück, den Versuch zu machen, es zu identifizieren", schlug Dragos vor. „Das könnte uns einen Hinweis auf sein Motiv geben. Was ist es?"

Niniane lag auf dem Boden, auf der Seite

zusammengerollt, während sie mit Nialls kurzen Fingerchen spielte. Sehnsüchtig merkte sie an: „Es klingt wie ein Engel." Als alle still wurden, um sie anzustarren, wurde ihr Blick befangen. „Oder zumindest klingt es so, wie ich mir vorstelle, dass ein Engel aussehen könnte."

Bels Lächeln wurde größer. „In uralten Elfen-Überlieferungen gibt es Wesen namens Seraph, die nicht ganz von dieser Welt sind. Sie sind, wie wir glauben, der Ursprung der Engelsgeschöpfe, die im Judentum, Christentum und dem Islam beschrieben werden. Ich persönlich habe nie einen gesehen."

Dragos kniff die Augen zusammen. „Was meinst du damit, *nicht ganz von dieser Welt?* Ich mag es nicht besonders, etwas vor mir zu haben, das ich nicht sehen, hören, berühren, schmecken oder töten kann."

Einst hatte Beluviel Dragos gehasst und gefürchtet, denn er und die Elfen verband eine lange, bittere Geschichte, aber nun schaute sie ihn mit einem Ausdruck an, in dem, Pia hätte es schwören können, aufrichtige Zuneigung lag. „Natürlich nicht. Die große Bestie ist sehr stark in der materiellen Welt verwurzelt."

Pia sagte plötzlich: „Jedes Anderland ist eine andere Dimension als die Erde, und sie sind alle durch Übergänge verbunden. Was, wenn diese Seraph noch einmal in einer anderen Dimension sind, die sich fast mit denjenigen überdeckt, in denen wir leben? Wir wissen bereits, dass wir in einem Multiversum leben. Die Erde ist nicht derselbe Ort wie Rhyacia oder Adriyel oder Ys. Nach dieser Logik wäre es doch möglich, dass die Seraph noch auf einer weiteren benachbarten Ebene leben?"

„Du machst mir Kopfschmerzen", sagte Niniane fröhlich.

Dragos lehnte sich zurück, streckte die Beine aus und verschränkte die Arme und Fußgelenke. Er starrte an die Decke. „Was mir an der Vorstellung nicht gefällt, ist, dass es so scheint, als könnten sie Dinge auf unserer Ebene beeinträchtigen, aber das heißt nicht, dass wir Dinge auf ihrer Ebene beeinträchtigen können." Zu Pia sagte er: „Ich sage nicht, dass du falschliegst. Ich sage, dass es mir nicht gefällt."

„Offensichtlich gefällt dir gar nichts an den Seraph", murmelte Bel mit erheitertem Unterton. Er hob den Kopf, um die Elfenfrau anzufunkeln.

„Wir wissen noch nicht einmal, ob es das wirklich ist", sagte Pia, die ein Lächeln unterdrückte.

„Laut unseren Überlieferungen konnten die Elfen manchmal die Seraph sehen und mit ihnen sprechen", sagte Bel. „Aber wir sind nur wenige Tage vor euch in Rhyacia angekommen. Morgen würde ich gern einige aus meinem Volk in Gruppen ausschicken, um herauszufinden, was sie aufdecken können." Sie warf einen Blick zu Graydon. „Vielleicht können wir mit ihnen gehen. Wenn hier Seraph sind, glaube ich nicht, dass sie irgendetwas tun würden, das einem Kind Schaden zufügt."

Dragos sagte: „Wir sollten in unseren Vorsichtsmaßnahmen nicht nachlassen, bis wir sicher wissen, ob es so ist oder nicht."

„Nein, natürlich nicht."

Während sie redeten, erhielt Dragos einen persönlich überbrachten Bericht, dass die Bauarbeiter an der Konzerthalle den Standort geräumt und angefangen hatten, unter die Fundamente zu graben. Sie nutzten Telekinese, um Erdboden auszuheben, und hatten vor, den ganzen Abend weiterzuarbeiten, um die kühleren Temperaturen auszunutzen, und der Vorarbeiter würde Dragos wissen lassen, falls sie etwas entdeckten.

Die Gruppe blieb noch etwas länger, kam aber zu keinen weiteren Schlüssen mehr. Schließlich hoben Dragos und Pia Niall auf und machten sich auf den Weg nach Hause, wo sie extrem begeistert von Skeeter begrüßt wurden.

„Du hast keine Würde", erklärte Dragos dem Hund.

Nicht nur hatte Skeeter keine Würde, es war ihm auch eindeutig egal, während er herumsprang und wuselte. Lachend ging Pia in die Küche, um herauszufinden, was Jocasta und Ramone ihnen zum Abendessen gemacht hatten. Sie entdeckte einen großen Schweinebraten, der genau perfekt für Dragos war, außerdem frisch gebackenes Brot und einen Salat für sie mit gegrillten Jackfruchtstreifen und Avocado.

Mmm, gegrillte Jackfrucht. Ihr lief das Wasser im Mund zusammen. Sie trug noch die Lederhose und die Halbrüstung, und sie hatte sich den Bogen und den Köcher mit Pfeilen für den Heimweg über den Rücken geschlungen, darum ließ sie Niall bei seinem Vater zurück und ging los, um sich umzuziehen.

Auf halbem Weg durch den Gang begann der Boden zu beben. Pia stieß eine Hand vor, um sich an der Wand abzustützen. Skeeter heulte.

„Dragos?", rief sie.

„Keine Panik", rief er zurück. „Es ist ein Erdbeben. Geh nach draußen."

Der nächste Weg nach draußen führte durch das große Schlafzimmer. Sie stolperte durch den Raum und wankte hinaus auf die Terrasse, als gerade Dragos um die Hausecke gerannt kam, das Baby auf der Schulter. „Alles in

Ordnung?"

„Ja." Sie schaute sich unter den anderen um, die in ihrem kleinen Dorf aus ihren Häusern rannten. Gerade als Eva herüberlief, ging ein tiefes Dröhnen über sie hinweg. Entsetzen pulsierte durch sie hindurch. „Was ist das?"

„Man schickt mir gerade telepathisch Berichte. Weitere Rohbauten stürzen zusammen", erklärte Dragos. Er schaute ihr in die Augen. „Bleibst du hier beim Baby?"

„Was?" Mit einem Kopfschütteln gab sie dreist zurück: „Bleibst *du* hier beim Baby?"

Er zeigte auf sie. „Ich habe zuerst gefragt."

Sie wusste, dass er das hatte, aber sie würde ihn nicht so leicht vom Haken lassen. Sie warf ihm einen finsteren Blick zu und wandte sich an Eva.

Ehe sie ein Wort herausbrachte, sagte Eva: „Natürlich."

Eva nahm Dragos Niall ab, und Dragos verwandelte sich in den Drachen. Er neigte den Kopf, damit Pia hinaufklettern konnte, und sobald sie sicher saß, stieß er sich in die Luft hinauf.

Schnell stiegen sie auf eine Höhe auf, die ihnen einen Überblick über das ganze Ausmaß der Zerstörung gestattete. Sie wurden beide still, als sie aufnahmen, was vor ihnen lag. *Alle* anderen Rohbauten waren zusammengebrochen, und tiefe Dellen legten nahe, dass es an einigen Stellen Einsturzkrater gab.

Ein brauner Staubnebel verdüsterte den Abendhimmel, und der größte Krater von allen klaffte am Bauplatz der Konzerthalle.

Eine flatternde Bewegung ließ Pia aufschauen.

Kaum sichtbar und durchscheinend schossen Dutzende der strahlenden Wesen, wie das eine, das sie vorhin gesehen hatte, wirbelnd durch den Abendhimmel über ihnen.

Kapitel 8

„ACH, SCHEISSE ABER auch", murmelte der Drache verärgert. „Wenn nicht eine verdammte Sache schiefgeht, dann eine andere."

Er schoss hinüber zum Bauplatz der Konzerthalle. Sobald er landete, sprang Pia zu Boden, und er verwandelte sich. Etliche Arbeiter liefen herüber. Einer davon war der Vorarbeiter.

„Mein Lord!", rief er. „Wir haben bei dem Einsturz zwei Männer verloren. Sie sind in den Krater gefallen. Wir suchen bereits nach ihnen."

Dragos und Pia rannten hinüber, um in das Loch zu spähen. Aus der Nähe betrachtet war es sogar noch größer und tiefer, als Pia erwartet hatte. Der Boden verlor sich in den Schatten. Ein paar Arbeiter stiegen vorsichtig über den Schutt nach unten.

Macht sammelte sich rund um Dragos. Er streckte eine Hand in Richtung des Loches aus, und eine Kugel aus Licht barst aus seinen Fingerspitzen hervor. Sie stürzte nach unten wie ein Meteor, und einen Augenblick lang war die Dunkelheit darunter völlig ausgeleuchtet.

Pia erhaschte einen Blick auf einen Teil einer großen, umgestürzten Säule, die auf der Seite lag, darüber hinaus die Basis weiterer Säulen, und einen mit Schutt übersäten Boden. „Das sind Ruinen!"

„Ich sehe einen der Männer auf dem Boden. Er bewegt sich nicht." Dragos schaute Pia an. „Wir müssen da runter."

„Ich bin jederzeit bereit." Wenn der Mann noch lebte, würde sie vielleicht etwas für ihn tun können.

Er hob sie hoch, und ihr drehte sich der Magen um, als er in das Loch sprang. Bei der Landung absorbierte er den Aufprall, indem er die Beine beugte, dann richtete er sich auf und stellte sie auf die Füße.

Sie suchten sich einen Weg hinüber zu der reglosen Gestalt. Die Beleuchtung durch das Sonnenlicht von oben war indirekt und schräg. Pia erhielt den Eindruck, dass sich ein großer Raum in die Dunkelheit krümmte. Sie kniete sich hin und tastete am Hals nach dem Puls des bewusstlosen Mannes.

„Er lebt noch", sagte sie erleichtert.

Dragos' Macht regte sich erneut, als er den Mann magisch abtastete. „Ein paar gebrochene Rippen und eine Gehirnerschütterung."

Ich kann ihm helfen, sagte sie telepathisch. Sie musste sich nur in den Finger stechen und ein wenig von ihrem Blut in den Mund des bewusstlosen Mannes tropfen lassen, und all seine Verletzungen würden geheilt werden. *Wir sind weit genug von der Oberfläche entfernt, die anderen sollten nichts spüren.*

Er schüttelte den Kopf. *Er ist nicht vom Tode bedroht. Außerdem, wenn du ihn heilst, wird er zu dem Zeitpunkt, wenn wir ihn zur Oberfläche bringen, überhaupt keine Verletzungen mehr haben, und das würde zu Spekulationen führen. Es ist das Risiko nicht wert, entdeckt zu werden.*

Was er sagte, klang vernünftig, aber es war trotzdem schwer, sich zurückzuhalten. Dragos wirkte ein paar einfache Heilzauber, während sie das Umfeld musterte.

Die anderen Retter hatten das zweite Opfer auf halbem

Weg herab auf dem Berg aus Schutt lokalisiert, und sie waren gerade dabei, seine schlaffe Gestalt nach oben zu heben.

Während sie die Rettung von unten beobachtete, kam sie zu dem Schluss, dass es für Dragos sehr viel einfacher war, in das Loch hineinzuspringen, als zu versuchen, wieder herauszuspringen. Der höhlenartige Raum war für ihn groß genug, um sich in seine Drachengestalt zu verwandeln, aber er würde nicht genug Platz haben, um sich aus der Öffnung zu stoßen. Der Drache konnte zwar herausklettern, aber wegen seiner riesigen Größe und seines Gewichts war sie ziemlich sicher, dass dann noch mehr einstürzen würde.

Sie rief: „Wir brauchen hier unten eine Trage!“

Jemand von den Leuten, die an der Oberfläche arbeiteten, rief zur Antwort zurück: „Wir haben schon fast eine vorbereitet!“

Sie ließen die Trage herab. Dragos hob den Mann auf, und sie machten ihn fest. Er zog am Seil und trat zurück, und dann beobachteten sie, wie die Retter ihn nach oben zogen.

„Alles in Ordnung da unten?“, rief eine vertraute Stimme herab. Graydon war eingetroffen.

„Ja“, rief Dragos. „Wir werden Seile brauchen, um wieder rauszukommen – aber erst will ich mich umsehen.“ Er schaute Pia an. „Kommst du mit?“

Was? Sie riss die Augen auf und wackelte mit dem Kopf, während sie ihn stillschweigend anblaffte. *Denk es dir selbst, Dragos.*

Er grinste. „Ich habe gehört, was du da gesagt hast, und du hast kein Wort geäußert. Ich weiß nicht, wie du das gemacht hast.“

„Du kennst mich zu gut.“

Ihre Erheiterung brach ab, als er seine Aufmerksamkeit dem höhlenartigen Raum zuwandte. „Was für ein Scheißdreck."

„Ich weiß, aber du hast das Gebiet doch vermessen und begutachten lassen, ehe jemand hier zu bauen begann. Du hast getan, was du konntest." Sie kratzte sich mit einem Fingernagel über das Kinn. „Wer hat noch mal kürzlich etwas über uralte verschüttete Römerstädte gesagt?"

„Ich glaube, das hier ist sehr viel älter als eine Römerstadt. Es braucht Jahrtausende der Ablagerung und Bodenerosion, um etwas so tief zu vergraben, und ich habe dieses Anderland erst vor ein paar hundert Jahren entdeckt. Wer immer hier einst gelebt hat, war da schon längst verschwunden." Er streckte die Hand aus, um einen weiteren Feuerball zu entzünden. Seine Macht wurde intensiver, während er sie hochhielt, und nach und nach wuchs das Licht, um den ganzen Raum zu füllen, und beleuchtete etwas, das wie eine große Halle aussah. Er nahm sie an der Hand. „Es könnte zu einem weiteren Einsturz kommen. Bleib dicht bei mir."

Sie gingen an riesigen, im Schatten liegenden Säulen vorbei, die mit Schnitzereien verziert waren. Auf dem Boden lag dick der Staub, aber an manchen Stellen konnte sie ein blasses, elaboriertes Mosaik sehen, und Wandbilder, die höher als drei Menschen aufragten.

„Du musst dir keine Sorgen machen. Ich habe nicht die Absicht, auf eigene Faust loszuziehen." Während sie weiter marschierten, verschränkte sie ihre Finger mit seinen. „Das mag ja großartig und faszinierend sein, aber es ist auch unheimlich."

„Es ist unheimlich", pflichtete er ihr bei. „Ruinen fühlen sich normalerweise friedlicher an."

Sie starrte eines der Bilder auf der Wand an. Es schien die Darstellung einer großen Schlacht zu sein. Es gab eine riesige Armee auf dem Boden, und geflügelte Wesen darüber. Eine Gestalt auf dem Boden wirkte größer als die anderen. Sie trug eine Krone, auf der das trübe Glitzern von Gold leuchtete, und deutete mit einem Zepter oder einer Waffe auf die geflügelten Wesen im Himmel.

Da fiel es ihr wieder ein. „Als wir hier herüber unterwegs waren, habe ich sehr viel mehr von diesen Kreaturen über uns fliegen sehen."

„Ach ja?", sagte er abwesend. Er ging weiter, zog sie mit sich. „Siehst du diesen großen, rechteckigen Stein auf dem Podium? Wir scheinen hier einen Sarkophag zu haben. Diese ganze Halle ist vielleicht ein Grab."

Schnitzereien bedeckten das riesige steinerne Rechteck, und weitere Funken aus Gold glitzerten im Schein von Dragos' Hexenlicht. Ein Haufen aus Schutt und riesigen Steinen hatte ein Ende des geschnitzten Sarkophags beschädigt. Eine leichte Brise wehte ihnen mit einem trockenen Rascheln übers Gesicht.

„Die Kreaturen wirkten aufgeregt." Ihre Stimme klang atemlos. War das ihre Vorstellungskraft oder war der Grusel-Faktor gerade um ein paar Stufen gestiegen? Sie hielt in der Vorwärtsbewegung inne und zupfte an Dragos' Hand. „Ich will nicht in die Nähe dieses Sarkophag-Dings gehen."

Der Wind wurde stärker, und er brachte eine Dunkelheit mit sich, die sie umschloss. Dragos' Hexenlicht wurde trüber, ging aber nicht aus, und seine Finger drückten ihre zusammen.

Nein, wirklich, er zerquetschte ihr die Hand. Sie fühlte sich, als steckte sie in einem Schraubstock aus heißen Flammen. „Dragos – du tust mir weh!"

Er drehte sich um und schaute sie an. Der Ausdruck auf seinem Gesicht war unbeschreiblich, als er flüsterte: „Lauf."

Da sie inzwischen Qualen litt, mühte sie sich, sich seinem Griff zu entziehen. Dann ließ seine Hand locker, sein Rücken bog sich, und er fiel auf den Boden und wand sich in Krämpfen. O Scheiße Scheiße *Scheiße.* Noch während sie vorstürzte, um zu versuchen, ihn auf die Seite zu rollen, brach seine Drachengestalt aus ihm hervor, der riesige, bronzefarbene Körper krachte in sie hinein. Sie stolperte zurück und fiel. Mit einem heftigen Knacken traf ihr Hinterkopf auf den Boden.

Schmerz fuhr ihr durch den Schädel. Dragos' Hexenlicht war ausgegangen, und es war pechschwarz.

Nein, es gab einen Hauch von Grau. Nach und nach passten sich ihre Augen an. Sie waren so weit von dem Loch weggegangen, dass nur sehr wenig Licht durchkam. Der riesige Drache lag reglos da, und durch Pias Seele hallte Leere.

Die stetige, oft kaum wahrnehmbare Präsenz ihrer Paarbindung war verschwunden.

„*O nein nein nein nein NEIN NEIN NEIN …*" Ersetzen und ein Gefühl der Falschheit zerrten an ihr. Sie achtete nicht auf die Schmerzspitzen aus ihrem Körper, sprang auf und wirkte ihr eigenes Hexenlicht, das sie zu Boden schleuderte, dann lief sie zum Kopf des Drachen. Ihr schöner, starker, jähzornige Partner *konnte nicht tot sein. Nicht einfach so.*

Sie stolperte über einen Stein und fiel auf die Schnauze des Drachen. Wärme ringelte sich aus seiner Nüster. Er atmete. Sie schluchzte vor Erleichterung, strich über seine Bronzehaut. „Wach auf!", zischte sie ihn an. „Wach bloß auf."

Ein weiterer Windhauch wehte um sie herum, brachte eine Ahnung von Flügeln mit sich. Etwas tat ihm das an. Etwas verursachte ihm Krämpfe. Sie sprang auf, schnappte sich ihren Bogen, legte einen Pfeil auf und deutete damit in die Finsternis. Ihr Puls hämmerte an ihren Handgelenken und Schläfen.

Dragos, sagte sie telepathisch. *Ich brauche dich jetzt wach. Du bist so groß wie eine Sechssitzer-Cessna. Ich kann dich nicht allein bewegen, und irgendetwas ist hier unten mit uns im Dunkeln. Wir bringen das mit der Paarbindung später raus, wach doch bitte einfach nur auf. Du nimmst so viel Platz ein, dass ich dich nicht schützen kann, wenn dich etwas von der anderen Seite angreift. Bitte, bitte, Baby. Du WACHST JETZT VERDAMMT NOCHMAL AUF.*

Die Welt pulsierte. Der Drache schimmerte und verschwand, und Dragos' Menschengestalt lag auf dem Boden ausgestreckt. Sie ging rückwärts zu ihm, kniete sich hin und legte ihm einen Finger an die Halsschlagader. Jenes unfassbar sture, uralte Herz schlug immer noch im starken Takt.

Sie konnte ihn trotzdem nicht bewegen. Als Mensch wog er bestimmt an die hundertfünfzig Kilo. Was nun?

Als sie gerade, so laut sie konnte, nach Hilfe von der Oberfläche schreien wollte, öffnete er die Augen und schaute sie an.

Im Hexenlicht war die Iris seiner Augen bernstein-farben.

Nicht golden.

Er lächelte. „Hallo, Schatz. Bist du nicht eine Augenweide?"

Innerlich wurde sie eiskalt, finster und taub.

Irgendwie brachte sie sich dazu, zu flüstern: „Du bist

gestürzt. Geht es dir gut?"

„Ich denke doch." Er setzte sich hin und schaute sich um. „Wir müssen hier heraus. Ich kann es kaum erwarten, wieder draußen unter freiem Himmel zu sein."

Sie zwang sich dazu, zu nicken. „Gehen wir."

Er kam auf die Beine und schaute auf den Bogen und den Pfeil, die sie immer noch in der Hand hielt. „Es gibt keinen Grund für diese Waffen. Jetzt ist alles gut. Leg sie beiseite."

In seiner Stimme lag ein unermesslicher Anteil Macht, die mit einer ruhigen, steten Kontrolle im Zaum gehalten wurde, wie eine Hand am Zügel eines stürmischen Hengstes.

„In Ordnung." Ihre Hände bebten, während sie gehorchte.

Sie kehrten zurück zum Loch. Die Stille, die sich um sie herum senkte, war vollkommen. Keine Flügel, kein Geflüster, keine finsteren Winde. Als sie in Sichtweite kamen, hatte sich Tiago am Rand der Grube Graydon angeschlossen, und ein Seil baumelte herab, das auf sie wartete.

„Nach dir, meine Schöne." Er half, die Seilschlinge unter ihrem Fuß zu befestigen, seine Finger verharrten etwas, um ihren Knöchel zu streicheln. Sie fuhr fast aus der Haut. Irgendwie schaffte sie es, nicht vor ihm zurückzuzucken.

Graydon zog sie mühelos nach oben, während Tiago und einige andere ein weiteres Seil in das Loch fallen ließen. Auf ihrem Weg hinauf ans Sonnenlicht und die frische Luft dachte sie eine Menge nach. Es waren die schnellsten und panischsten Gedanken ihres Lebens. Sobald ihre Füße wieder auf festem Boden standen, sprang sie zu Graydon und schnappte sich seine Hände.

„Was ist los, Liebes?", fragte er freundlich. „Du siehst aus, als hättest du einen Geist gesehen."

Sie fürchtete stark, dass sie das tatsächlich hatte.

Gray, sagte sie telepathisch. *Sprich nicht laut. Zeig keine Reaktion.*

Sein grauer Blick wurde scharf. *Pia, was ist los?*

Die Kreatur, die sie aus dem Loch ziehen, ist nicht Dragos.

Er wurde reglos. *Was meinst du damit?*

Ich habe mich unklar ausgedrückt? Sie grub ihm die Nägel in die Haut. *Ich bin mit meinem Partner hinab in dieses Höllenloch gestiegen, aber er kommt nicht mit mir zurück. Tu, was ich dir sage, und mach es rasch und still. Lass Niall von Eva wegbringen. Es ist mir egal, wohin. Schick Giselle mit ihm mit, zusammen mit allen anderen Kindern.*

Auf jeden Fall.

Wer ist hier der schnellste geflügelte Wyr – du oder Tiago?

Tiago, sagte er, ohne zu zögern.

Schick ihn zurück zur Erde. Sag ihm... Aus dem Augenwinkel sah sie den Mann, der wie Dragos aussah, aus dem Loch kommen. Er grinste und klopfte einem der Retter auf die Schulter, holte tief Luft und blinzelte in die untergehende Sonne. Er blinzelte. In die Sonne. Eine tiefe Vibration kam in ihrem Inneren auf, als würden ihre Knochen kreischen. *Sag ihm, er soll jeden Wächter, den er kann, so schnell wie möglich hierher bringen. Sag ihm, er soll Liam holen. Und sag ihm, er soll Aryal ausrichten, dass sie einst geschworen hat, sie würde die Fesseln zerstören, die Ninianes Onkel Urien anfertigte, um Dragos zu fangen. Tiago wird sich nur zu gut daran erinnern – diese dunkle Fae, wie immer sie hieß, hat ihn mit diesen Fesseln beinahe vernichtet. Und Aryal versprach, sie in einen Vulkan zu werfen. Erinnerst du dich?*

Teufel aber auch, natürlich. Das tun wir alle.

Aryal macht nie das, was sie soll. Pias Lippen fühlten sich taub an. *Ich hoffe bei allen Göttern, dass sie auch damals nicht getan hat, was sie tun sollte. Wir brauchen diese Fesseln, Gray — so schnell, wie ein Dschinn sie herbringen kann. Ich werde einem Dschinn jeden Preis bezahlen, den er möchte. Sag das Tiago.*

Graydons raue Züge wurden mörderisch. *Bin dran.*

Ein weiterer Schreckensmoment ließ ihre Muskeln erstarren. *Wisch dir diesen Ausdruck vom Gesicht, verdammt. Dragos ist einer der ältesten und mächtigsten aus den Alten Völkern — und das Ding, das seinen Körper vereinnahmt hat, hat ihn zu Fall gebracht. Also lächelst du, als hinge dein Leben davon ab.*

Noch während sie sprach, löste sich Graydons Miene in wohlgesonnene Freundlichkeit auf. Er drückte ihr die Finger, drehte sich um, dorthin, wo Dragos mit den anderen zu sprechen schien. Graydon sagte: „Das ist ja ein teuflischer Schlamassel, den wir hier haben.“

Der Betrüger drehte sich zu ihm um und lächelte. „Wohl wahr, das ist es. Ich freue mich darauf, unsere Zukunft neu zu gestalten. Vorerst bestimme ich, dass sich jeder von diesen Löchern fernzuhalten hat. Der eingestürzte Boden ist zu gefährlich, und dort unten findet sich nichts, um das wir uns Sorgen machen müssten.“ Dem Vorarbeiter sagte er: „Stellt hier eine Sperre mit Wachen auf.“

Neben ihm runzelte Tiago die Stirn, und sein Blick wurde scharf, aber sonst schien niemandem etwas aufzufallen. Sie wollte sie alle anbrüllen: *So redet Dragos nicht!*

Stattdessen lächelte sie den Betrüger an. „Es war ein schwieriger Tag. Ich schlage vor, dass wir diese Rückschläge abschütteln und uns auf dem Strand zu einem Festmahl treffen. Die Leute können mitbringen, was immer sie mit uns teilen möchten.“

Der Betrüger machte eine Geste und erhob die Stimme.

„Meine Lady hat einen hervorragenden Einfall! Was sagt ihr zu einem Gelage?"

Etliche Jubelrufe wurden laut. Lächelnd marschierte der Betrüger herüber zu Pia und schaute ihr in die Augen. Während er mit ihren Haarspitzen spielte, murmelte er: „Wir werden Wein und Zuckerwerk haben und das Leben feiern, und später noch werde ich allein mit meiner Gemahlin in unserem Bett feiern."

Aus dem Augenwinkel sah sie, wie Graydon sich versteifte und – Gott schütze ihn, er war kein Schauspieler – eine mörderische Miene zur Schau stellte. Scharf sagte sie in seinen Kopf: *Erledige deine Aufgabe. Ich habe das im Griff.*

Zu Tiago knurrte Gray: „Ich muss mit dir reden. Jetzt."

In der Zwischenzeit strich Pia mit den Fingern über die Lippen des Betrügers. „Es wird mir eine Freude sein, auf jede Art zu feiern, die mein Lord für angemessen hält."

Kapitel 9

FAST ZWANZIGTAUSEND LEUTE versammelten sich am Seeufer, um zu feiern. Musiker brachten ihre Instrumente, und Lagerfeuer wurden aufgeschichtet. Es wurde getanzt, und alle möglichen Speisen wurden rasch angerichtet. Die Dämonen brachten fässerweise Schnaps. Und falls es keine Kinder gab, und falls einer oder zwei Leute mit besorgten, kalten Gesichtern auf den Betrüger schauten, ließ doch niemand ein Wort dazu fallen.

Pia entschuldigte sich, um sich zu schminken und sich in einen Rock und ein Neckholder-Top zu kleiden. Sie steckte sich die Haare hoch und ließ einzelne Strähnen über ihren Nacken hinabfallen, und sie schminkte sich die Lippen mit ihrem Lieblingslippenstift. Skeeter war ruhelos, während sie sich vorbereitete, er winselte und knurrte abwechselnd, während er auf und ab lief. Da sie Angst hatte, der Betrüger könne ihm etwas antun, ließ sie ihn von Jocasta und Ramone wegbringen.

Und sie flirtete mit dem Bastard, mit allem, was sie hatte. Sie fütterte ihn mit Pastetenstückchen, gegrilltem Fleisch, küsste ihn, während sie immer wieder am Wein nippten, und ließ ihn ihre Brust begrapschen. So einen Kampf hatte sie noch nie ausgefochten, aber sie warf sich voll und ganz hinein.

Er lachte oft, dieser Dieb, der alles stahl. Während seine

Bernsteinaugen blitzten, sprach er mit vielen, und sein ruheloser Blick streifte mit interessierter Absicht über die Frauen in der Menge, kehrte aber immer wieder zurück zu Pia.

Wie lange würde Tiago brauchen, um zum nächsten Übergang zu fliegen? Sie kannte die ungefähre Antwort darauf: Dragos brauchte dorthin im Flug ein paar Stunden. Aber Dragos hatte sich gemütlich bewegt. Tiago würde mit aller Kraft und Geschwindigkeit fliegen, die er aufbringen konnte.

Dann würde er ein paar Minuten brauchen, um mit Malan zu verhandeln, und weitere fünf bis zehn Minuten, um den Übergang zurück zur Erde zu machen. Er konnte auf dem erdseitigen Wachposten nach New York telefonieren. Und sie wusste aus Erfahrung, dass die Wächter immer Notfalltaschen gepackt hatten und jeden Augenblick ausrücken konnten.

Aber sie wusste nicht, wie lange Aryal brauchen würde, um die Fesseln von dem Ort zu holen, an dem sie sie womöglich versteckt hatte — falls sie sie wirklich versteckt hatte und nicht zerstört, wie sie es versprochen hatte. Und Pia hatte keine Ahnung, wie lange sie brauchen würden, um mit einem Dschinn einen raschen Übergang auszuhandeln.

Jeder ihrer Herzschläge fühlte sich lang wie ein Jahr an, und die Last, ohne die Stütze ihrer fühlbaren Paarbindung weiterzumachen, lag schwer auf ihr. So war es, wenn man einen Krieg focht — man wusste nie, ob man überleben oder sterben würde.

Es half, dass sie nicht allein war. Beluviel war nicht mit den Kindern aufgebrochen. Stattdessen beobachtete die Elfenfrau den Betrüger mit einem abschätzigen Blick von der anderen Seite eines Lagerfeuers aus, und jeder ihrer

Diener war bewaffnet.

Graydon unterbrach den Betrüger oft, um ihn zur Seite zu ziehen und ihn dies oder das zu fragen, und einmal spazierte Linwe herüber, um den Betrüger zu einem Tanz aufzufordern. Er ging mit, und verbotenes Interesse blitzte auf. Pia wandte sich ab, tat so, als würde sie es nicht bemerken.

Außerdem wurde sie beiderseits von je einer hochgewachsenen Kreatur mit schlanken Flügeln begleitet. Niemand sonst außer vielleicht die Elfen sahen sie, aber während dieser endlose Abend voranschritt, wurden sie nach und nach für Pia sichtbarer. Sie schauten sie mit etwas an, dass wie Mitleid in ihren strahlenden Augen wirkte, doch wenn sie sich dem Betrüger zuwandten, wurden ihre unmenschlichen Gesichter scharf wie Schwerter.

Als Pia schließlich Rune und Carling Arm in Arm durch die Menge gehen sah, als wären sie einfach nur zwei weitere Partygäste, wäre sie beinahe durchgedreht. Liam marschierte vorbei, sein mächtiger Körper bewegte sich mit derselben flüssigen, bedrohlichen Anmut wie der seines Vaters. Er warf ihr einen einzigen Blick zu, die blauen Augen und die ansehnlichen Züge unergründlich.

Dann waren da Bayne, Aryal und Quentin, Grym, Tiago und Graydon, jeder davon bewegte sich, als wären sie zufällig hier und nicht mit den anderen zusammen. Alle Wächter waren eingetroffen bis auf Alexander, der wohl der Wächter war, dem sie die Verantwortung für New York übertragen hatten. Sie sah sogar den Dschinn Khalil und Grace, das Orakel, die die Unsichtbaren verwundert anstarrte.

Pia ließ mitten im Satz den Vampyr stehen, mit dem sie gesprochen hatte. Sie näherte sich dem Betrüger, der sich angeregt mit einer lachenden, sylphenartigen Wyr-Frau unterhielt, die ahnungslos zu sein schien, was wirklich vorging, und dachte, sie würde mit Pias Ehemann und Partner flirten.

Pia schob ihren Arm in den des Betrügers und sagte zu der Frau: „Dich merke ich mir, du kleiner Scheißhaufen."

Das wischte der Frau das Lächeln vom Gesicht. Sie schluckte und zog sich zurück. Der Betrüger wandte sich mit einem Glitzern in den Augen an Pia. Offenbar gefiel ihm die Verbitterung. „Das war recht unsportlich von dir, mein Schatz."

„Ich habe es satt, herumzutrödeln", erklärte sie ihm. „Tanzt du jetzt mit mir oder nicht?"

Er verneigte sich gespielt vor ihr. „Ich stehe ganz unter deinem Befehl, meine Lady und Gemahlin."

Sie führte ihn auf eine Seite und legte sich seine Hände auf die Hüften. Dragos' Hände. Sie fühlten sich so vertraut an, dass sie vor Wut und Schmerz schreien wollte.

Als er sie lächelnd an sich zog, kam Rune hinter ihm näher und schlang ihm die Kette einer der Fesseln um den Hals. Überraschter Zorn brach aus seinem Gesicht hervor. Als er sich gewaltsam wehren wollte, krachte Liam in ihn hinein, nagelte seine Arme an seinen Seiten fest. Die anderen Wächter, sowohl die derzeitigen als auch die ehemaligen, sprangen ins Getümmel. Graydon stürzte sich an Pia vorbei, schubste sie zurück aus dem Kampf, so fest, dass sie stürzte und wegrollte.

Rufe, Schreie und allgemeines Getümmel brachen aus. Bel und ihre Diener waren herbeigeeilt, um Pia zu umstellen. Grace, Niniane und Khalil führten die Leute weg vom Kampf. Pia ignorierte alles, während sie den Sand abwischte und sich erhob. Ihre ganze Aufmerksamkeit war auf den zuckenden Haufen Krieger gerichtet.

Alle Wächter waren tödlich, aber Dragos war der schnellste und tödlichste von allen. Der Einzige, der ihm wirklich in Stärke und Schnelligkeit gleichkam, war Liam. Und sie betete mit allem, was sie hatte, dass der Betrüger nicht vollen Zugriff auf alle Fähigkeiten von Dragos hatte, und dass er nicht ganz das Wesen des Körpers verstand, den er gestohlen hatte.

So brutal es auch war, der Kampf war rasch vorbei. Gehalten von der Magie in den Fesseln wurde der Betrüger von der überlegenen Masse an Verbündeten überwältigt, die gegen ihn standen. Einer nach dem anderen erhoben sie sich, bis er auf dem Sand lag, gebunden von verzaubertem Metall, sein Gesicht verzerrt vor aufwallender Wut.

Carling hatte sich Pia angeschlossen, um den Kampf zu beobachten, ihre schönen Züge gefesselt. Die uralte Vampyrin war eine der erfahrensten und tödlichsten Magieanwender, die Pia je getroffen hatte. Wenn jemand wusste, wie man die Kreatur exorzierte, die Dragos' Körper übernommen hatte, dann sie.

Pia flüsterte: „Wie werden wir es los?"

Carlings große, mandelförmige Augen strahlten Mitleid aus. „Ich weiß es nicht, Pia. Ich hatte gehofft, die Fesseln mit dem Annullierungszauber würde es austreiben, aber es scheint, als wäre dem nicht so."

„Es muss etwas geben, was wir tun können. Irgendwas." Als Grace, die junge Frau, die das Orakel war, zu ihnen humpelte, wirbelte Pia zu ihr herum. „Grace? Hast du etwas Brauchbares gesehen?"

Grace schüttelte den Kopf, ihre Mundwinkel hingen herab. „Es sind so viele Leute herumgewuselt, und nun, da er gefesselt ist, verhindern die Fesseln, dass ich etwas sehe. Es tut mir so leid. Ich wünschte, ich hätte etwas Brauchbares anzubieten."

Panik fing an, in ihrem Kopf zu kreischen. Rücksichtslos trampelte Pia sie nieder. Panik würde Dragos nicht zurückbringen. Sie ging hinüber zu der hingestreckten Gestalt und kniete sich neben sie. „Gib mir meinen Gemahl zurück."

„Dein Gemahl ist tot", stieß der Betrüger hervor. Seine Nase war blutig beschlagen, und Tröpfchen sprühten ihr übers Gesicht.

Sie zuckte nicht zurück. Stattdessen beugte sie sich dichter zu ihm und starrte ihm in die Augen: „Wenn mein Gemahl tot ist", sagte sie, „dann habe ich nichts zu verlieren, oder?"

Er fing an zu lachen, dann krümmte er sich. Kurz – nur ganz kurz – blitzte geschmolzenes Gold in seinen Augen auf. Telepathisch fauchte Dragos: *Tu, was du tun musst.*

Im nächsten Augenblick war Dragos wieder weg, und die Kreatur, die zu ihr zurückstarrte, hatte bernsteinfarbene Augen. Es tat so unglaublich weh, ihn so kurz zu sehen, doch gleichzeitig wogte Triumph in ihr auf. Irgendwo, irgendwie war ihr Partner noch da drin.

Und sie würde tun, was immer sie tun musste, um ihn zurückzubekommen.

„Das wird so richtig mies für dich", erklärte sie dem Betrüger. „Denn der Körper meines Gemahls ist unfassbar stark, und er hält eine Menge Misshandlung aus." Sie erhob sich und vermied es, Liam anzuschauen. Zu den Wächtern, die ihn umstanden, sagte sie: „Verhört ihn. Tut, was immer nötig ist."

Dann ging sie weg. Sie bewegten sich, um die Lücke hinter ihr zu schließen, und Dragos verschwand aus ihrem Blickfeld.

Wird fortgesetzt in Der Widersacher

Danke!

Liebe Leserinnen,

danke, dass ihr *Die Unsichtbaren* gelesen habt! Ich hoffe, ihr habt die Rückkehr von Dragos und Pia genauso genossen, wie sie mir beim Schreiben gefallen hat. Die beiden sind zwei meiner liebsten Figuren überhaupt, und sie werden in meinem Herzen immer einen besonderen Platz einnehmen.

Die Unsichtbaren ist die erste von zwei verbundenen Geschichten mit neuen Abenteuern von Dragos und Pia. Sie wollen anders erzählt werden als frühere Geschichten von den Alten Völkern, darum seid bitte vorgewarnt: die erste Novelle endet mit einem Cliffhanger. Alles wird im zweiten Band aufgelöst, und dort gibt es am Ende keinen Cliffhanger mehr.

Würdet ihr gern in Kontakt bleiben und es erfahren, wenn etwas Neues herauskommt? Ihr könnt:

- Euch für meine monatliche E-Mail eintragen auf: www.theaharrison.com
- Mir auf Twitter folgen unter @TheaHarrison
- Mir auf meiner Facebook-Präsenz folgen unter facebook.com/TheaHarrison

Rezensionen helfen anderen Lesern, Bücher zu finden, die sie gerne lesen. Ich weiß jede einzelne Rezension zu schätzen, ob sie positiv ist oder negativ.

Viel Spaß beim Lesen! Und scrollt oder blättert bitte weiter, um schon einen Blick auf das Cover von *Der Widersacher* zu werfen!

~Thea

Bald erhältich

Der Widersacher
Buch 2 der Chroniken von Rhyacia

Suchen Sie nach folgenden Titeln von Thea Harrison

DIE ALTEN-VÖLKER-ROMANE

Im Bann des Drachen

Gebieter des Sturms

Der Kuss des Greifen

Das Feuer des Dämons

Das Versprechen des Blutes

Das Lied der Harpyie

Die Versuchung des Vampyrs

Der Kuss der Hellen Fae

Das Ende der Schatten

MONDSCHATTEN-TRILOGIE

Mondschatten

Bannknüpfer

Löwenherz

HEXENMACHT-TRILOGIE

Die Macht der Hexe

DIE CHRONIKEN VON RHYACIA

Der Unsichtbare

Der Widersacher

DIE ALTEN-VÖLKER-NOVELLEN

Das Herz des Wolfes (in: Berührung der Dunkelheit)

Die Stimme der Jägerin (in: Berührung der Dunkelheit)

Die Augen der Medusa (in: Berührung der Dunkelheit)

Die Verlockung der Assassine (in: Berührung der
Dunkelheit)

Nachtschwingen

Dragos macht Urlaub (auch in: Familienalbum eines
Drachen)

Pia rettet die Lage (auch in: Familienalbum eines Drachen)

Peanut kommt in die Schule (auch in: Familienalbum eines
Drachen)

Dragos geht nach Washington

Pia übernimmt Hollywood

Liam erobert Manhattan

Die Erwählte

Planet Dragos

RISING DARKNESS

Schattenrätsel

Schicksalsstunde

ROMANCE UNTER DEM PSEUDONYM
AMANDA CARPENTER
(nur auf Englisch erhältlich)
A Deeper Dimension
The Wall
A Damaged Trust
The Great Escape
Flashback
Rage
Waking Up
Rose-Coloured Love
Reckless
The Gift of Happiness
Caprice
Passage of the Night
Cry Wolf
A Solitary Heart
The Winter King